Weihnachten, Inbegriff eines deutschen Festes im Kreis
der Familie, ist ... ... zum Lebensinhalt geworden. Nachdem ... einige Jahre
lang an der v...
des Weihnach...
kommt es zu ...
wut, die dari...
singen und d...
schen, dene...
Glocken‹-G...
lich irgendw...
Satire ›Nic...
Der Band...
rich Bölls.

Heinrich ... ... geboren,
war nac... ... h
Studiun... l-
dat. Se... ie,
Hör- u... als
Übers... len
Nobe... an-
genb...

Heinrich Böll

Nicht nur zur Weihnachtszeit

Erzählungen

Deutscher Taschenbuch Verlag

Oktober 1992
5., neu durchgesehene Auflage September 1995
14. Auflage November 2004
Deutscher Taschenbuch Verlag GmbH & Co. KG, München
www.dtv.de
© 1977, 1987, 1994 Verlag Kiepenheuer & Witsch, Köln
Umschlagkonzept: Balk & Brumshagen
Umschlagfoto: ›Zärtliches-großes Glück bei kleiner Kasse‹ (1957)
von Chargesheimer (© Rheinisches Bildarchiv Köln)
Satz: IBV Satz- und Datentechnik GmbH, Berlin
Druck und Bindung: Druckerei C. H. Beck, Nördlingen
Gedruckt auf säurefreiem, chlorfrei gebleichtem Papier
Printed in Germany · ISBN 3-423-11591-2

Inhalt

Abenteuer eines Brotbeutels

Im September 1914 wurde in eine der roten Bromberger Backsteinkasernen ein Mann namens Joseph Stobski eingezogen, der zwar seinen Papieren nach deutscher Staatsbürger war, die Muttersprache seines offiziellen Vaterlandes aber wenig beherrschte. Stobski war zweiundzwanzig Jahre alt, Uhrmacher, auf Grund »konstitutioneller Schwäche« noch ungedient; er kam aus einem verschlafenen polnischen Nest, das Niestronno hieß, hatte im Hinterzimmer des väterlichen Kottens gehockt, Gravüren auf Doublé-Armbänder gekritzelt, zierliche Gravüren, hatte die Uhren der Bauern repariert, zwischendurch das Schwein gefüttert, die Kuh gemolken – und abends, wenn Dunkelheit über Niestronno fiel, war er nicht in die Kneipe, nicht zum Tanz gegangen, sondern hatte über einer Erfindung gebrütet, mit ölverschmierten Fingern an unzähligen Rädchen herumgefummelt, sich Zigaretten gerollt, die er fast alle auf der Tischkante verkohlen ließ – während seine Mutter die Eier zählte und den Verbrauch an Petroleum beklagte.

Nun zog er mit seinem Pappkarton in die rote Bromberger Backsteinkaserne, lernte die deutsche Sprache, soweit sie das Vokabularium der Dienstvorschrift, Kommandos, Gewehrteile umfaßte; außerdem wurde er mit dem Handwerk eines Infanteristen vertraut gemacht. In der Instruktionsstunde sagte er Brott statt Brot, sagte Kanonn statt Kanone, er fluchte polnisch, betete polnisch und betrachtete abends melancholisch das kleine Paket mit den ölverschmierten Rädern in seinem dunkelbraunen Spind, bevor er in die Stadt ging, um seinen berechtigten Kummer mit Schnaps hinunterzuspülen.

Er schluckte den Sand der Tucheler Heide, schrieb Postkarten an seine Mutter, bekam Speck geschickt, drückte sich sonntags vom offiziellen Gottesdienst und schlich sich in eine der polnischen Kirchen, wo er sich auf die Fliesen werfen, weinen und beten konnte, obwohl derlei Innigkeit schlecht zu einem Mann in der Uniform eines preußischen Infanteristen paßte.

Im November 1914 fand man ihn ausgebildet genug, um ihn die Reise quer durch Deutschland nach Flandern machen zu lassen. Er hatte genug Handgranaten in den Sand der Tucheler Heide geworfen, hatte oft genug in die Schießstände geknallt, und Stobski schickte das Päckchen mit den ölverschmierten Rädern an seine Mutter, schrieb eine Postkarte dazu, ließ sich in einen Viehwaggon packen und begann die Fahrt quer durch sein offizielles Vaterland, dessen Muttersprache er, soweit sie Kommandos umfaßte, beherrschen gelernt hatte. Er ließ sich von blühenden deutschen Mädchen Kaffee einschenken, Blumen ans Gewehr stecken, nahm Zigaretten entgegen, bekam einmal sogar von einer ältlichen Frau einen Kuß, und ein Mann mit einem Kneifer, der an einem Bahnübergang auf der Schranke lehnte, rief ihm mit sehr deutlicher Stimme ein paar lateinische Worte zu, von denen Stobski nur »tandem« verstand. Er wandte sich mit diesem Wort hilfesuchend an seinen unmittelbaren Vorgesetzten, den Gefreiten Habke, der hinwiederum etwas von »Fahrrädern« murmelte, jede nähere Auskunft verweigernd. So überquerte Stobski ahnungslos, sich küssen lassend und küssend, mit Blumen, Schokolade und Zigaretten überhäuft, die Oder, die Elbe, den Rhein und wurde nach zehn Tagen im Dunkeln auf einem schmutzigen belgischen Bahnhof ausgeladen. Seine Kompanie versammelte sich im Hof eines bäuerlichen Anwesens, und der Hauptmann schrie im Dunkeln etwas, was Stobski nicht verstand. Dann gab es Gulasch mit Nudeln, die in einer schlecht erleuchteten Scheune schnell aus einer Gulaschkanone in die Kochgeschirre und aus den Kochgeschirren in die Gesichter hineingelöffelt wurden. Der Herr Unteroffizier Pillig ging noch einmal rund, hielt einen kurzen Appell ab, und zehn Minuten später marschierte die Kompanie ins Dunkel hinein westwärts; von diesem westlichen Himmel herüber kam das berühmte gewitterartige Grollen, manchmal blaffte es dort rötlich auf, es fing an zu regnen, die Kompanie verließ die Straße, fast dreihundert Füße tappten über schlammige Feldwege; immer näher kam dieses künstliche Gewitter, die Stimmen der Offiziere und Unteroffiziere wurden heiser, hatten einen unangenehmen Unterton. Stobski taten die Füße weh, sie taten ihm sehr weh, außerdem war er müde, er war sehr müde, aber er schleppte sich weiter, durch dunkle Dörfer, über schmutzige Wege, und das Gewitter, je näher sie ihm kamen, hörte sich immer widerwärtiger, immer künstlicher an. Dann wurden die Stimmen der Offiziere und Unteroffiziere merkwürdig sanft, fast milde, und links und rechts war auf unsichtbaren Wegen und Straßen das Getrappel unzähliger Füße zu hören.

Stobski bemerkte, daß sie jetzt mitten in diesem künstlichen Gewitter drin waren, es zum Teil hinter sich hatten, denn sowohl vor wie hinter ihnen blaffte es rötlich auf, und als der Befehl gegeben wurde, auszuschwärmen, lief er rechts vom Wege ab, hielt sich neben dem Gefreiten Habke, hörte Schreien, Knallen, Schießen, und die Stimmen der Offiziere und Unteroffiziere waren jetzt wieder heiser. Stobski taten die Füße immer noch weh, sie taten ihm sehr weh, und er ließ Habke Habke sein, setzte sich auf eine nasse Wiese, die nach Kuhdung roch, und dachte etwas, was auf polnisch ungefähr einer Übersetzung des Spruchs von Götz von Berlichingen gleichgekommen wäre. Er nahm den Stahlhelm ab, legte sein Gewehr neben sich ins Gras, löste die Haken seines Gepäcks, dachte an seine geliebten ölverschmierten Rädchen und schlief inmitten höchst kriegerischen Lärmes ein. Er träumte von seiner polnischen Mutter, die in der kleinen warmen Küche Pfannkuchen buk, und es kam ihm im Traum merkwürdig vor, daß die Kuchen, sobald sie fertig zu werden schienen, mit einem Knall in der Pfanne zerplatzten und nichts von ihnen übrigblieb. Seine kleine Mutter füllte immer schneller mit dem Schöpflöffel Teig ein, kleine Kuchen buken sich zusammen, platzten einen Augenblick, bevor sie gar waren, und die kleine Mutter bekam plötzlich die Wut – im Traum mußte Stobski lächeln, denn seine kleine Mutter war nie richtig wütend geworden – und schüttete den ganzen Inhalt der Teigschüssel mit einem Guß in die Pfanne; ein großer, dicker, gelber Kuchen lag nun da, so groß wie die Pfanne, wurde größer, knusprig, blähte sich; schon grinste Stobskis kleine Mutter befriedigt, nahm das Pfannenmesser, schob es unter den Kuchen, und – bums! – gab es einen besonders schrecklichen Knall, und Stobski hatte keine Zeit mehr, davon zu erwachen, denn er war tot.

Vierhundert Meter von der Stelle entfernt, an der ein Volltreffer Stobski getötet hatte, fanden Soldaten aus seiner Kompanie acht Tage später in einem englischen Grabenstück Stobskis Brotbeutel mit einem Stück des zerfetzten Koppels – sonst fand man auf dieser Erde nichts mehr von ihm. Und als man nun in diesem englischen Grabenstück Stobskis Brotbeutel fand mit einem Stück heimatlicher Dauerwurst, der Eisernen Ration und einem polnischen Gebetbuch, nahm man an, Stobski sei in unwahrscheinlichem Heldenmut am Tage des Sturmes weit in die englischen Linien hineingelaufen und dort getötet worden. Und so bekam die kleine polnische Mutter in Niestronno einen Brief des Hauptmanns Hummel, der vom großen Heldenmut des Gemeinen Stobski berichtete. Die kleine Mutter ließ sich den Brief von ihrem Pfarrer übersetzen, weinte, faltete den Brief zusammen, legte ihn zwischen die Leintücher und ließ drei Seelenmessen lesen.

Aber sehr plötzlich eroberten die Engländer das Grabenstück wieder, und Stobskis Brotbeutel fiel in die Hände des englischen Soldaten Wilkins Grayhead. Der aß die Dauerwurst, warf kopfschüttelnd das polnische Gebetbuch in den flandrischen Schlamm, rollte den Brotbeutel zusammen und verleibte ihn seinem Gepäck ein. Grayhead verlor zwei Tage später sein linkes Bein, wurde nach London transportiert, dreiviertel Jahre später aus der Royal Army entlassen, bekam eine schmale Rente und wurde, weil er dem ehrenwerten Beruf eines Trambahnführers nicht mehr nachgehen konnte, Pförtner in einer Londoner Bank.

Nun sind die Einkünfte eines Pförtners nicht großartig, und Wilkins hatte aus dem Krieg zwei Laster mitgebracht: Er soff und rauchte, und weil sein Einkommen nicht ausreichte, fing er an, Gegenstände zu verkaufen, die ihm überflüssig erschienen, und ihm erschien fast alles überflüssig. Er verkaufte seine Möbel, versoff das Geld, verkaufte seine Kleider bis auf einen einzigen schäbigen Anzug, und als er nichts mehr zu verkaufen hatte, entsann er sich des schmutzigen Bündels, das er bei seiner Entlassung aus der Royal Army in den Keller gebracht hatte. Und nun verkaufte er die unterschlagene, inzwischen verrostete Armeepistole, eine Zeltbahn, ein Paar Schuhe und Stobskis Brotbeutel. (Über Wilkins Grayhead ganz kurz folgendes: Er verkam. Hoffnungslos dem Trunke ergeben, verlor er Ehre und Stellung, wurde zum Verbrecher, wanderte trotz des verlorenen Beins, das in Flanderns Erde ruhte, ins Gefängnis und schleppte sich dort, korrupt bis ins Mark, bis zum Ende seines Lebens als Kalfakter herum.)

Stobskis Brotbeutel aber ruhte in dem düsteren Gewölbe eines Altwarenhändlers zu Soho genau zehn Jahre – bis zum Jahre 1926. Im Sommer dieses Jahres las der Altwarenhändler Luigi Banollo sehr aufmerksam das Schreiben einer gewissen Firma Handsuppers Ltd., die ihr offenkundiges Interesse für Kriegsmaterial aller Art so deutlich kundgab, daß Banollo sich die Hände rieb. Mit seinem Sohn durchsuchte er seine gesamten Bestände und förderte zutage: 27 Armeepistolen, 58 Kochgeschirre, mehr als hundert Zeltbahnen, 35 Tornister, 18 Brotbeutel und 28 Paar Schuhe – alles von den verschiedensten europäischen Heeren. Für die gesamte Fracht bekam Banollo einen Scheck über 18.20 Pfund Sterling, ausgestellt auf eine der solidesten Londoner Banken. Banollo hatte, grob gerechnet, einen Gewinn von fünfhundert Prozent erzielt. Der jugendliche Banollo aber sah vor allem das Schwinden der Schuhe mit einer Erleichterung, die kaum beschrieben werden kann, denn es war eines seiner Aufgabengebiete gewesen, diese Schuhe zu kneten, zu fetten, kurzum, sie zu pflegen, eine Aufgabe, deren Ausmaß jedem klar ist, der je ein einziges Paar Schuhe hat pflegen müssen.

Die Firma Handsuppers Ltd. aber verkaufte den ganzen Kram, den Banollo ihr verkauft hatte, mit einem Gewinn von achthundertfünfzig Prozent (das war ihr normaler Satz) an einen südamerikanischen Staat, der drei Wochen vorher zu der Erkenntnis gekommen war, der Nachbarstaat bedrohe ihn, und sich nun entschlossen hatte, dieser Bedrohung zuvorzukommen. Der Brotbeutel des Gemeinen Stobski aber, der die Überfahrt nach Südamerika im Bauch eines schmutzigen Schiffes bestand (die Firma Handsuppers bediente sich nur schmutziger Schiffe), kam in die Hände eines Deutschen namens Reinhold von Adams, der die Sache des südamerikanischen Staates gegen ein Handgeld von fünfundvierzig Peseten zu seiner eigenen gemacht hatte. Von Adams hatte erst zwölf von den fünfundvierzig Peseten vertrunken, als er aufgefordert wurde, Ernst mit seinem Versprechen zu machen und unter der Führung des Generals Lalango, den Ruf »Sieg und Beute« auf den Lippen, gegen die Grenze des Nachbarstaates zu ziehen. Aber Adams bekam eine Kugel mitten in den Kopf, und Stobskis Brotbeutel geriet in den Besitz eines Deutschen, der Wilhelm Habke hieß und für ein Handgeld von nur fünfunddreißig Peseten die Sache des anderen südamerikanischen Staates zu seiner eigenen gemacht hatte. Habke kassierte den Brotbeutel, die restlichen dreiunddreißig Peseten und fand außerdem ein Stück Brot und eine halbe Zwiebel, die ihren Geruch den Pesetenscheinen bereits mitgeteilt hatte. Aber Habkes ethische und ästhetische Bedenken waren gering; er tat sein Handgeld dazu, ließ sich dreißig Peseten Vorschuß geben, nachdem er zum Korporal der siegreichen Nationalarmee ernannt worden war, und als er den Deckel des Brotbeutels aufschlug, dort den schwarzen Tuschestempel VII/2/II entdeckte, entsann er sich seines Onkels Joachim Habke, der in diesem Regiment gedient hatte und gefallen war; heftiges Heimweh befiel ihn. Er nahm seinen Abschied, bekam ein Bild des Generals Gublanez geschenkt und gelangte auf Umwegen nach Berlin, und als er vom Bahnhof Zoo mit der Straßenbahn nach Spandau fuhr, fuhr er – ohne es zu ahnen – an der Heereszeugmeisterei vorbei, in der Stobskis Brotbeutel im Jahre 1914 acht Tage gelegen hatte, bevor er nach Bromberg geschickt worden war.

Habke wurde von seinen Eltern freudig begrüßt, nahm seinen eigentlichen Beruf, den eines Expedienten, wieder auf, aber bald zeigte sich, daß er zu politischen Irrtümern neigte. Im Jahre 1929 schloß er sich der Partei mit der häßlichen kotbraunen Uniform an, nahm den Brotbeutel, den er neben dem Bild des Generals Gublanez über seinem Bett hängen hatte, von der Wand und führte ihn praktischer Verwendung zu: Er trug ihn zu der kotbraunen Uniform, wenn er sonntags in die Heide zog, um zu üben. Bei den Übungen glänzte Habke durch militärische Kenntnisse; er schnitt ein wenig auf, machte sich zum Bataillonsführer in jenem südamerikanischen Krieg, erklärte ausführlich, wo, wie und warum er damals seine schweren Waffen eingesetzt hatte. Es war ihm ganz entfallen, daß er ja nur den armen von Adams mitten in den Kopf geschossen, seiner Peseten beraubt und den Brotbeutel an sich genommen hatte. Habke heiratete im Jahre 1929, und 1930 gebar ihm seine Frau einen Knaben, der den Namen Walter erhielt. Walter gedieh, obwohl seine beiden ersten Lebensjahre unter dem Zeichen der Arbeitslosenunterstützung standen; aber schon als er vier Jahre alt war, bekam er jeden Morgen Keks, Büchsenmilch und Apfelsinen, und als er sieben war, bekam er von seinem Vater den verwaschenen Brotbeutel überreicht mit den Worten: »Halte dieses Stück in Ehren, es stammt von deinem Großonkel Joachim Habke, der sich vom Gemeinen zum Hauptmann emporgedient, achtzehn Schlachten überstanden hatte und von roten Meuterern im Jahre 1918 erschossen wurde. Ich selbst trug ihn im südamerikanischen Krieg, in dem ich nur Oberstleutnant war, obwohl ich General hätte werden können, wenn das Vaterland meiner nicht bedurft hätte.«

Walter hielt den Brotbeutel hoch in Ehren. Er trug ihn zu seiner eigenen kotbraunen Uniform vom Jahre 1936 bis 1944, gedachte häufig seines heldenhaften Großonkels, seines heldenhaften Vaters und legte den Brotbeutel, wenn er in Scheunen übernachtete, vorsichtig unter seinen Kopf. Er bewahrte Brot, Schmelzkäse, Butter, sein Liederbuch darin auf, bürstete, wusch ihn und war glücklich, je mehr sich die gelbliche Farbe in ein sanftes Weiß verwandelte. Er ahnte nicht, daß der sagenhafte und heldenhafte Großonkel als Gefreiter auf einem lehmigen flandrischen Acker gestorben war, nicht weit von der Stelle entfernt, an der ein Volltreffer den Gemeinen Stobski getötet hatte.

Walter Habke wurde fünfzehn, lernte mühsam Englisch, Mathematik und Latein auf dem Spandauer Gymnasium, verehrte den Brotbeutel und glaubte an Helden, bis er selbst gezwungen wurde, einer zu sein. Sein Vater war längst nach Polen gezogen, um dort irgendwie und irgendwo Ordnung zu schaffen, und kurz nachdem der Vater wütend aus Polen zurückgekommen war, zigarettenrauchend und »Verrat« murmelnd, im engen Spandauer Wohnzimmer auf und ab ging, kurz danach wurde Walter Habke gezwungen, ein Held zu sein.

In einer Märznacht des Jahres 1945 lag er am Rande eines pommerschen Dorfes hinter einem Maschinengewehr, hörte dem dunklen gewitterartigen Grollen zu, das genauso klang, wie es in den Filmen geklungen hatte; er drückte den Abzug des Maschinengewehrs, schoß Löcher in die dunkle Nacht und spürte den Drang zu weinen. Er hörte Stimmen in der Nacht, Stimmen, die er nicht kannte, schoß weiter, schob einen neuen Gurt ein, schoß, und als er den zweiten Gurt verschossen hatte, fiel ihm auf, daß es sehr still war: Er war allein. Er stand auf, rückte sein Koppel zurecht, vergewisserte sich des Brotbeutels und ging langsam in die Nacht hinein westwärts. Er hatte angefangen, etwas zu tun, was dem Heldentum sehr schädlich ist: Er hatte angefangen nachzudenken – er dachte an das enge, aber sehr gemütliche Wohnzimmer, ohne zu ahnen, daß er an etwas dachte, das es nicht mehr gab; der junge Banollo, der Walters Brotbeutel einmal in der Hand gehabt hatte, war inzwischen vierzig Jahre alt geworden, war in einem Bombenflugzeug über Spandau gekreist, hatte den Schacht geöffnet und das enge, aber gemütliche Wohnzimmer zerstört, und Walters Vater ging jetzt im Keller des Nachbarhauses auf und ab, rauchte Zigaretten, murmelte »Verrat« und hatte ein unordentliches Gefühl, wenn er an die Ordnung dachte, die er in Polen geschaffen hatte.

Walter ging nachdenklich westwärts in dieser Nacht, fand endlich eine verlassene Scheune, setzte sich, schob den Brotbeutel vorne auf den Bauch, öffnete ihn, aß Kommißbrot, Margarine, ein paar Bonbons, und so fanden ihn russische Soldaten: schlafend, mit verweintem Gesicht, einen Fünfzehnjährigen, leergeschossene Patronengurte um den Hals, mit säuerlich nach Bonbon riechendem Atem. Sie schubsten ihn in eine Kolonne, und Walter Habke zog ostwärts. Nie mehr sollte er Spandau wiedersehen.

Inzwischen war Niestronno deutsch gewesen, polnisch geworden, war wieder deutsch, wieder polnisch geworden, und Stobskis Mutter war fünfundsiebzig Jahre alt. Der Brief des Hauptmanns Hummel lag immer noch im Schrank, der längst kein Leinen mehr enthielt; Kartoffeln bewahrte Frau Stobski darin auf, weit hinter den Kartoffeln lag ein großer Schinken, standen in einer Porzellanschüssel die Eier, stand tief im Dunkeln ein Kanister mit Öl. Unter dem Bett war Holz gestapelt, und an der Wand brannte rötlich das Öllicht vor dem Bild der Muttergottes von Czenstochau. Hinten im Stall lungerte ein mageres Schwein, eine Kuh gab es nicht mehr, und im Hause tobten die sieben Kinder der Wolniaks, deren Haus in Warschau zerstört worden war. Und draußen auf der Straße kamen sie vorbeigezogen: schlappe Soldaten mit wunden Füßen und armseligen Gesichtern. Sie kamen fast jeden Tag. Zuerst hatte der Wolniak an der Straße gestanden, geflucht, hin und wieder einen Stein aufgehoben, sogar damit geworfen, aber nun blieb er hinten in seinem Zimmer sitzen, wo einst Joseph Stobski Uhren repariert, Armbänder graviert und abends an seinen ölverschmierten Rädchen herumgefummelt hatte.

Im Jahre 1939 waren polnische Gefangene ostwärts an ihnen vorbeigezogen, andere polnische Gefangene westwärts, später waren russische Gefangene westwärts an ihnen vorbeigezogen, und nun zogen schon lange deutsche Gefangene ostwärts an ihnen vorbei, und obwohl die Nächte noch kalt waren und dunkel, tief der Schlaf der Leute in Niestronno, sie wurden wach, wenn nachts das sanfte Getrappel über die Straßen ging.

Frau Stobski war eine der ersten, die morgens in Niestronno aufstanden. Sie zog einen Mantel über ihr grünliches Nachthemd, entzündete Feuer im Ofen, goß Öl auf das Lämpchen vor dem Muttergottesbild, brachte die Asche auf den Misthaufen, gab dem mageren Schwein zu fressen, ging dann in ihr Zimmer zurück, um sich für die Messe umzuziehen. Und eines Morgens im April 1945 fand sie vor der Schwelle ihres Hauses einen sehr jungen blonden Mann, der in seinen Händen einen verwaschenen Brotbeutel hielt, ihn fest umklammerte. Frau Stobski schrie nicht. Sie legte den gestrickten schwarzen Beutel, in dem sie ein polnisches Gebetbuch, ein Taschentuch und ein paar Krümelchen Thymian aufbewahrte – sie legte den Beutel auf die Fensterbank, beugte sich zu dem jungen Mann hinunter und sah sofort, daß er tot war. Auch jetzt schrie sie nicht. Es war noch dunkel, nur hinter den Kirchenfenstern flackerte es gelblich, und Frau Stobski nahm dem Toten vorsichtig den Brotbeutel aus den Händen, den Brotbeutel, der einmal das Gebetbuch ihres Sohnes und ein Stück Dauerwurst von einem ihrer Schweine enthalten hatte, zog den Jungen auf die Fliesen des Flures, ging in ihr Zimmer, nahm den Brotbeutel – wie zufällig – mit, warf ihn auf den Tisch und suchte in einem Packen schmutziger, fast wertloser Zlotyscheine. Dann machte sie sich auf den Weg ins Dorf, um den Totengräber zu wecken. Später, als der Junge beerdigt war, fand sie den Brotbeutel auf ihrem Tisch, nahm ihn in die Hand, zögerte – dann suchte sie den Hammer und zwei Nägel, schlug die Nägel in die Wand, hing den Brotbeutel daran auf und beschloß, ihre Zwiebeln darin aufzubewahren.

Sie hätte den Brotbeutel nur etwas weiter aufzuschlagen, seine Klappe ganz zu öffnen brauchen, dann hätte sie den schwarzen Tuschestempel entdeckt, der dieselbe Nummer zeigte wie der Stempel auf dem Briefkopf des Hauptmanns Hummel.

Aber so weit hat sie den Brotbeutel nie aufgeschlagen.

Das Abenteuer

Fink ging auf den Seiteneingang der Kirche zu. Rechts und links von der defekten Asphaltierung waren winzige Vorgartendreiecke, von schwarzen Eisengittern umzäunt: schwärzliche, saure Erde und zwei Buchsbaumsträucher, deren Blätter zäh und welk wie Leder erschienen. Er drückte mit der Schulter eine braungepolsterte Tür auf und fand sich in einem muffigen Windfang, in dem er wieder eine gepolsterte Tür aufstoßen mußte. Diesmal puffte er die Faust dagegen und las, bevor er in die Kirche trat, auf einem Sperrholzbrett flüchtig einen Anschlag: »Dritter Orden des heiligen Franziskus – Ankündigungen…«

In der Kirche herrschte grünlicher Dämmer, und Fink entdeckte an einer ölgestrichenen Wand, deren Farbe nicht zu erkennen war, ein leuchtend weißes Pappschild mit einer schwarzgemalten Hand, die senkrecht nach unten wies. Oberhalb des sehr steifen und viel zu langen Zeigefingers stand: Beichtklingel. In braunen Haltern darunter waren Klingelknöpfe von dunklem Elfenbein und Schilder mit Namen. Er nahm sich nicht die Mühe, die Namen zu entziffern, sondern drückte blindlings auf einen der Knöpfe, und er hatte das Gefühl, etwas Unwiderrufliches, Endgültiges zu tun. Dann lauschte er – nichts zu hören.

Er tauchte den Finger in ein muschelförmiges, rosig bemaltes Weihwasserbecken aus Gips, das im Dämmer wie ein großer künstlicher Gaumen erschien, dem ein paar Ecken ausgeschlagen waren. Langsam bekreuzte er sich und ging ins Mittelschiff. Auf jeder Seite sah er zwei dunkle Beichtstühle mit zugezogenen rötlichen Vorhängen, und er entdeckte jetzt, daß die Stuckgewölbe zwischen den gotischen Pilastern eingestürzt waren: das häßliche Mauerwerk aus gelblichen Backsteinen war nackt, es erinnerte ihn irgendwie an eine altmodische Badeanstalt. Der ehemalige Eingang vorne war mit rohen Steinen zugemauert, mitten ins Mauerwerk gequetscht ein schiefer alter Fensterrahmen, von dem die weiße Farbe abgebröckelt war.

Fink kniete im Mittelschiff nieder und versuchte zu beten, aber über die gefalteten Hände hinweg mußte er die vier Beichtstühle beobachten, immer wieder ins Halbdunkel starren, um den Priester, der irgendwo auftauchen könnte, nicht zu verfehlen. Wahrscheinlich würde er durch die Sakristei kommen, von vorn, wo Fink im Dämmer eine Messingglocke mit rotem Samtseil neben dem ewigen Licht erkannte. Zur Mitte hin wurde die Kirche heller, und er sah jetzt, daß das ganze Mittelschiff erneuert war; das zerstörte, ausgezackte Mauerwerk trug einen provisorischen, sehr flachen Dachstuhl, der mit schmutzigen alten Brettern zugenagelt war – manche Bretter waren dunkel von Fußbodenfarbe –, und die Heiligen an den Säulen waren alle kopflos, ein hilfloses, erschütterndes Doppelspalier merkwürdiger Gipsgestalten, denen die Köpfe abgeschlagen und die Symbole aus den Händen gerissen waren, stumpfe, dunkelgetönte Torsi, die mit verstümmelten Händen zu ihm herabzuflehen schienen.

Fink wollte Reue und Vorsatz erwecken, es gelang ihm nicht, er war zu unruhig; und es entstand in seinem Inneren ein Durcheinander abgehackter, flehender Stoßgebete, unterbrochen von Erinnerungen und dem immer wieder auftauchenden Wunsch, die Sache schnell hinter sich zu bringen und abzufahren, schnell wieder weg aus dieser Stadt...

Er spürte es: das, was er beichten wollte, fing schon an, Erinnerung zu werden und Glanz zu bekommen, es erhob sich unmerklich aus der Ebene eines mühseligen und dreckigen Alltags, und es schien, als würde es eines Tages – bald schon – irgendwie über ihm schweben: ein schönes, sündhaftes Abenteuer, während in Wirklichkeit – auch das wußte er – er nur aus einer Art Höflichkeit jene Spielregeln befolgt hatte, deren erdrückende Selbstverständlichkeit und tödlicher Ernst ihn mit Schrecken erfüllten. Schon vorher hatte ihn Widerwillen gepackt, aber er hatte mitgespielt, indem er sich einredete, es sei ja nur ein mechanischer Akt, ein naturnotwendiger Vorgang, während er insgeheim wußte, daß der Pfeil auf dem Bogen schon zitterte, der Schuß losgehen und ihn unfehlbar in jenes Unsichtbare treffen würde, für das ihm kein anderes Wort als Seele einfiel.

Er seufzte und fing an, ungeduldig zu werden; in seinem Inneren schwebten diese Bilder – das sich langsam vergoldende und das wirkliche – nebeneinander, untereinander, verschmolzen für Augenblicke miteinander, und seine Augen gingen in qualvoller Erwartung an den kopflosen Säulenheiligen vorbei zu jenem Samtseil neben der Glocke.

Er dachte daran, daß die Glocke vielleicht gar nicht funktionierte oder der Pater, dessen Namen zu lesen ihm belanglos erschienen war, abwesend war. Er kannte diese Art von Beichten nicht, früher hatten sie darüber gespottet. Als er aufstehen wollte, um noch einmal zu den Klingelknöpfen zu gehen, sah er im starren Bild der leeren Kirche eine dunkle Gestalt, die aus der Sakristei trat, vor dem Altar niederkniete und auf die Beichtstühle der rechten Seite zuging. Er beobachtete den Mönch gespannt; seine Gestalt war groß und schlank, und der Kranz von Haaren, den die Tonsur ihm gelassen hatte, war dicht und schwarz.

Fink versuchte, schnell noch einmal Reue und Vorsatz zu erwecken, er leierte im Inneren jene Formel herunter, die er schon zwanzig Jahre auswendig wußte, und stand auf. Er stolperte, als er auf den Gang trat; irgendwo in dem rotweißen, lilienförmigen Muster mußte eine schadhafte Stelle sein; er fing sich an einer Kniebank und hörte, wie der Pater das winzige Lämpchen ausknipste und den Vorhang beiseite zog. Als er niederkniete in diesem muffigen, dunklen und sehr unbequemen Winkel und das weiße Ohr hinter dem Gitter erkannte, spürte er, daß sein Herz bis zum Halse klopfte; er konnte vor Erregung nicht sprechen.

»Gelobt sei Jesus Christus«, sagte eine Stimme, die sehr gleichgültig klang.

Er preßte heraus »In Ewigkeit Amen« und schwieg. Der Schweiß rann ihm über den Rücken und heftete sein Hemd an die Haut, dicht und unbarmherzig, als sei es in Wasser getaucht; es schien kein Raum zum Atmen zu bleiben. Der Priester räusperte sich.

»Ich habe die Ehe gebrochen«, stammelte Fink, und er wußte, daß er damit fast alles getan hatte, was er tun konnte.

»Sind Sie verheiratet?«

»Nein.«

»Aber die Frau?«

»Ja.«

»Wie oft?« Die Frage ernüchterte ihn mit einem Schlag. Alles, was vor seinen Augen verschwommen war, dieses weißliche große Ohr, das ihm riesig erschien, und das Gitter – von einem seltsamen, knusperigen Braun wie die Gitter über den Apfelkuchen –, alles sah er nun deutlich, ganz wirklich, und er blickte in den herabfallenden Ärmel des aufgestützten Priesterarmes hinein, eine dunkle Höhlung zwischen der Kutte und der weißlichen, hell behaarten Haut.

»Einmal«, und ein tiefer Seufzer, den er nicht unterdrücken konnte, kam aus seiner Brust.

»Wann?« Diese Fragen kamen kurz, knapp, ohne jede persönliche Note, wie die eines Arztes bei der Musterung.

»Heute«, sagte er. Tatsächlich hatte es ihm schon unendlich weit entfernt geschienen, aber sein Wort holte es heran wie eine Kamera, die nach ihrem Ziel schießt, um es festzulegen. Man war gezwungen, etwas nah zu sehen, was man nicht nah sehen wollte.

»Meiden Sie den Umgang mit dieser Frau.«

Jetzt erst fiel Fink ein, daß er sie wiedersehen würde; eine hübsche kleine Bürgerin mit feistem Hals und in einem roten Morgenrock, Augen, die zugleich langweilig und traurig waren, und er stellte sie sich so intensiv vor, daß er die Frage des Priesters fast überhörte.

»Lieben Sie sie?«

Er konnte nicht nein sagen; ja zu sagen erschien ihm noch ungeheuerlicher. Er dachte nach, während er spürte, daß sich der Schweiß heiß und brennend über seinen Brauen sammelte. »Nein«, sagte er schnell, und er fügte hinzu: »Ich kann schlecht den Umgang mit ihr meiden.«

Der Priester schwieg, und Fink sah für einen Augenblick die niedergeschlagenen Lider hochzucken, ein Paar sehr ruhige graue Augen.

»Ich bin Vertreter einer Firma für Fertighäuser«, sagte er, »und die – die Dame hat ein Haus bei uns bestellt.«

»Und Sie haben diesen Bezirk?«

»Ja.« Er dachte daran, daß er Verhandlungen mit ihr führen mußte, Pläne vorlegen, Kalkulationen besprechen, Einzelheiten beraten, unzählige Einzelheiten, die man, wenn man wollte, über Monate hinauszögern konnte.

»Sie müssen sich versetzen lassen.«

Fink schwieg.

Die Stimme wurde eindringlicher. »Sie müssen alles versuchen, sie nicht wiederzusehen. Die Gewohnheit ist stark, sehr stark. Sie haben den aufrichtigen Wunsch und Vorsatz, die Frau nicht wiederzusehen?«

»Ja«, sagte Fink sofort, und er wußte, daß er zum ersten Male wirklich die Wahrheit sagte.

»Versuchen Sie es; tun Sie alles. Denken Sie an das Schriftwort: Wenn deine linke Hand dich ärgert, hau sie ab. Nehmen Sie materielle Nachteile in Kauf«, er schwieg einen Augenblick. »Ich weiß, es ist nicht leicht, aber die Hölle macht es uns nicht leicht.«

Seine Stimme verlor wieder den persönlichen Klang, als er sagte: »Sonst noch was?«

Fink zuckte zusammen. Er kannte diese Art von Beichte nicht, obwohl er inzwischen gemerkt hatte, daß sie ernst war, ungeheuer ernst, ernster als jene gewohnheitsmäßige Hygiene, die er dreimonatlich zu Hause beim Kaplan vornahm.

»Sonst noch was?« fragte die Stimme ungeduldig.

»Wann haben Sie zuletzt gebeichtet?«

»Vor acht Wochen.«

»Und kommuniziert?«

»Vor vier.«

Der Pater fing an, mit monotoner Stimme die Gebote herzusagen, wie bei den Beichtkindern, die er gewohnt war, Leuten, die kaum das Glaubensbekenntnis wußten, deren religiöser Wortschatz aus Vaterunser und Ave bestand. Fink wurde es ungemütlich, er wollte weg.

»Nein«, sagte er jedesmal leise bis zum fünften Gebot. Der Pater überging das sechste.

»Stehlen«, sagte der Priester kaltblütig, »und lügen, das siebte und achte Gebot.«

Fink wurde rot, es stieg ihm heiß in die Ohren. Um Gottes willen, er stahl doch nicht.

»Haben Sie gelogen?«

Fink schwieg. Noch nie hatte ihn jemand gefragt, ob er gelogen habe. Überhaupt schien es ihm, als habe er noch nie gebeichtet. Diese rohen Formulierungen trafen ihn wie Schläge, und während ihm einfiel, daß er das noch nie gebeichtet hatte, murmelte er: »Nun ja, die Häuser, unsere Häuser sind nicht ganz so, wie sie im Katalog aussehen – ich meine, sie –, die Leute sind oft enttäuscht, wenn sie sie wirklich sehen...«

Der Priester konnte ein »Aha« nicht unterdrücken, er sagte: »Auch darin müssen wir ehrlich sein, obwohl...«, er suchte nach Worten, »obwohl es unmöglich scheint. Aber es ist eine Lüge, etwas zu verkaufen, von dessen Wert man nicht überzeugt ist.« Er räusperte sich wieder, und Fink beobachtete, daß der aufgestützte Arm verschwand, als der Pater zu flüstern anfing: »Nun wollen wir alles mit einschließen und inständig unseren Herrn Jesus Christus bitten, für uns Verzeihung zu erlangen. Er ist am Kreuze gestorben, um uns von unseren Sünden zu befreien, und jede unserer Sünden heftet ihn wieder ans Kreuz. Erwecken Sie noch einmal Reue und Vorsatz, und

beten Sie zur Buße ein Gesetz des schmerzhaften Rosen-
kranzes.«

Der Priester setzte sich in der Mitte des Beichtstuhles
aufrecht, mit geschlossenen Augen murmelnd, bis er
plötzlich sein Gesicht wieder Fink zuwandte, das »Ab-
solvo te« deutlicher betete und das Kreuzzeichen über ihn
schlug. »Gelobt sei Jesus Christus —«

»In Ewigkeit Amen!« sagte Fink.

Er war ganz steif, und ihm schien, als müßten Stunden
vergangen sein. Er setzte sich in eine Bank und zog sein
Taschentuch heraus, und als er anfing, sich den Schweiß
abzutrocknen, sah er, daß der Pater wieder in der Sakristei
verschwand.

Fink war müde. Er versuchte zu beten, aber die Worte
fielen in ihn zurück wie stumpfes Geröll, und während er
gegen den Schlaf ankämpfte, sah er durch die halbge-
schlossenen Lider, daß in der dunklen Ecke neben dem
Seiteneingang nun Kerzen brannten vor dem Muttergot-
tesaltar: unruhig flackerten die billigen Stearinstengel, sie
verzehrten sich rastlos, und ihr Schein schaukelte die Silhouette einer alten kleinen Frau an die Wand des Mittel-
schiffs, riesengroß und mit einer phantastischen Genauig-
keit; einzelne vorstehende Haare über der Stirn standen
hart und schwarz an der Wand, eine kindliche Nase und
die müde Schlappheit ihrer Lippen, die sich stumm beweg-
ten: ein flüchtiges Denkmal, das die stumpfen Gipsfiguren
überdeckte und über den Rand des Daches hinauszuwach-
sen schien.

Die schwarzen Schafe

Offenbar bin ich ausersehen, dafür zu sorgen, daß die Kette der schwarzen Schafe in meiner Generation nicht unterbrochen wird. Einer muß es sein, und ich bin es. Niemand hätte es je von mir gedacht, aber es ist nichts daran zu ändern: ich bin es. Weise Leute in unserer Familie behaupten, daß der Einfluß, den Onkel Otto auf mich ausgeübt hat, nicht gut gewesen ist. Onkel Otto war das schwarze Schaf der vorigen Generation und mein Patenonkel. Irgendeiner muß es ja sein, und er war es. Natürlich hatte man ihn zum Patenonkel erwählt, bevor sich herausstellte, daß er scheitern würde, und auch mich, mich hat man zum Paten eines kleinen Jungen gemacht, den man jetzt, seitdem ich für schwarz gehalten werde, ängstlich von mir fernhält. Eigentlich sollte man uns dankbar sein, denn eine Familie, die keine schwarzen Schafe hat, ist keine charakteristische Familie.

Meine Freundschaft mit Onkel Otto fing früh an. Er kam oft zu uns, brachte mehr Süßigkeiten mit, als mein Vater für richtig hielt, redete, redete und landete zuletzt einen Pumpversuch.

Onkel Otto wußte Bescheid; es gab kein Gebiet, auf dem er nicht wirklich beschlagen war: Soziologie, Literatur, Musik, Architektur, alles; und wirklich: er wußte was. Sogar Fachleute unterhielten sich gern mit ihm, fanden ihn anregend, intelligent, außerordentlich nett, bis der Schock des anschließenden Pumpversuches sie ernüchterte, denn das war das Ungeheuerliche: er wütete nicht nur in der Verwandtschaft, sondern stellte seine tückischen Fallen auf, wo immer es ihm lohnenswert erschien.

Alle Leute waren der Meinung, er könne sein Wissen »versilbern« – so nannten sie es in der vorigen Generation, aber er versilberte es nicht, er versilberte die Nerven der Verwandtschaft. Es bleibt sein Geheimnis, wie er es fertig brachte, den Eindruck zu erwecken, daß er es an diesem Tage nicht tun würde. Aber er tat es. Regelmäßig. Unerbittlich. Ich glaube, er brachte es nicht über sich, auf eine Gelegenheit zu verzichten. Seine Reden waren so fesselnd, so erfüllt von wirklicher Leidenschaft, scharf durchdacht, glänzend witzig, vernichtend für seine Gegner, erhebend für seine Freunde, zu gut konnte er über alles sprechen, als daß man hätte glauben können, er würde…! Aber er tat es. Er wußte, wie man Säuglinge pflegt, obwohl er nie Kinder gehabt hatte, verwickelte die Frauen in ungemein fesselnde Gespräche über Diäten bei gewissen Krankheiten, schlug Pudersorten vor, schrieb Salbenrezepte auf Zettel, regelte Quantität und Qualität ihrer Trünke, ja, er wußte, wie man sie hält: ein schreiendes Kind, ihm anvertraut, wurde sofort ruhig. Es ging etwas Magisches von ihm aus.

Genau so gut analysierte er die Neunte Sinfonie von Beethoven, setzte juristische Schriftstücke auf, nannte die Nummer des Gesetzes, das in Frage kam, aus dem Kopf…

Aber wo immer und worüber immer das Gespräch gewesen war, wenn das Ende nahte, der Abschied unerbittlich kam, meist in der Diele, wenn die Tür schon halb zugeschlagen war, steckte er seinen blassen Kopf mit den lebhaften schwarzen Augen noch einmal zurück und sagte, als sei es etwas Nebensächliches, mitten in die Angst der harrenden Familie hinein, zu deren jeweiligem Oberhaupt: »Übrigens, kannst du mir nicht…?«

Die Summen, die er forderte, schwankten zwischen 1 und 50 Mark. Fünfzig war das allerhöchste, im Laufe der Jahrzehnte hatte sich ein ungeschriebenes Gesetz gebildet, daß er mehr niemals verlangen dürfe. »Kurzfristig!« fügte er hinzu. Kurzfristig war sein Lieblingswort. Er kam dann zurück, legte seinen Hut noch einmal auf den Garderobenständer, wickelte den Schal vom Hals und fing an zu erklären, wozu er das Geld brauche. Er hatte immer Pläne, unfehlbare Pläne. Er brauchte es nie unmittelbar für sich, sondern immer nur, um endlich seiner Existenz eine feste

Grundlage zu geben. Seine Pläne schwankten zwischen einer Limonadenbude, von der er sich ständige und feste Einnahmen versprach, und der Gründung einer politischen Partei, die Europa vor dem Untergang bewahren würde.

Die Phrase »Übrigens, kannst du mir...« wurde zu einem Schreckenswort in unserer Familie, es gab Frauen, Tanten, Großtanten, Nichten sogar, die bei dem Wort »kurzfristig« einer Ohnmacht nahe waren.

Onkel Otto – ich nehme an, daß er vollkommen glücklich war, wenn er die Treppe hinunterraste – ging nun in die nächste Kneipe, um seine Pläne zu überlegen. Er ließ sie sich durch den Kopf gehen bei einem Schnaps oder drei Flaschen Wein, je nachdem, wie groß die Summe war, die er herausgeschlagen hatte.

Ich will nicht länger verschweigen, daß er trank. Er trank, doch hat ihn nie jemand betrunken gesehen. Außerdem hatte er offenbar das Bedürfnis, allein zu trinken. Ihm Alkohol anzubieten, um dem Pumpversuch zu entgehen, war vollkommen zwecklos. Ein ganzes Faß Wein hätte ihn nicht davon abgehalten, beim Abschied, in der allerletzten Minute, den Kopf noch einmal zur Tür hereinzustecken und zu fragen: »Übrigens, kannst du mir nicht kurzfristig...?«

Aber seine schlimmste Eigenschaft habe ich bisher verschwiegen: er gab manchmal Geld zurück. Manchmal schien er irgendwie auch etwas zu verdienen, als ehemaliger Referendar machte er, glaube ich, gelegentlich Rechtsberatungen. Er kam dann an, nahm einen Schein aus der Tasche, glättete ihn mit schmerzlicher Liebe und sagte: »Du warst so freundlich, mir auszuhelfen, hier ist der Fünfer!« Er ging dann sehr schnell weg und kam nach spätestens zwei Tagen wieder, um eine Summe zu fordern, die etwas über der zurückgegebenen lag. Es bleibt sein Geheimnis, wie es ihm gelang, fast sechzig Jahre alt zu werden, ohne das zu haben, was wir einen richtigen Beruf zu nennen gewohnt sind. Und er starb keineswegs an einer

Krankheit, die er sich durch seinen Trunk hätte zuziehen können. Er war kerngesund, sein Herz funktionierte fabelhaft, und sein Schlaf glich dem eines gesunden Säuglings, der sich vollgesogen hat und vollkommen ruhigen Gewissens der nächsten Mahlzeit entgegenschläft. Nein, er starb sehr plötzlich: ein Unglücksfall machte seinem Leben ein Ende, und was sich nach seinem Tode vollzog, bleibt das Geheimnisvollste an ihm.

Onkel Otto, wie gesagt, starb durch einen Unglücksfall. Er wurde von einem Lastzug mit drei Anhängern überfahren, mitten im Getriebe der Stadt, und es war ein Glück, daß ein ehrlicher Mann ihn aufhob, der Polizei übergab und die Familie verständigte. Man fand in seinen Taschen ein Portemonnaie, das eine Muttergottes-Medaille enthielt, eine Knipskarte mit zwei Fahrten und vierundzwanzigtausend Mark in bar sowie das Duplikat einer Quittung, die er dem Lotterie-Einnehmer hatte unterschreiben müssen, und er kann nicht länger als eine Minute, wahrscheinlich weniger, im Besitz des Geldes gewesen sein, denn der Lastwagen überfuhr ihn kaum fünfzig Meter vom Büro des Lotterie-Einnehmers entfernt.

Was nun folgte, hatte für die Familie etwas Beschämendes. In seinem Zimmer herrschte Armut: Tisch, Stuhl, Bett und Schrank, ein paar Bücher und ein großes Notizbuch, und in diesem Notizbuch eine genaue Aufstellung aller derer, die Geld von ihm zu bekommen hatten, einschließlich der Eintragung eines Pumps vom Abend vorher, der ihm vier Mark eingebracht hatte. Außerdem ein sehr kurzes Testament, das mich zum Erben bestimmte.

Mein Vater als Testamentsvollstrecker wurde beauftragt, die schuldigen Summen auszuzahlen. Tatsächlich füllten Onkel Ottos Gläubigerlisten ein ganzes Quartheft aus, und seine erste Eintragung reichte bis in jene Jahre zurück, wo er seine Referendarlaufbahn beim Gericht abgebrochen und sich plötzlich anderen Plänen gewidmet hatte, deren Überlegung ihn soviel Zeit und soviel Geld gekostet hatte. Seine Schulden beliefen sich insgesamt auf fast fünfzehntausend Mark, die Zahl seiner Gläubiger auf über siebenhundert, angefangen von einem Straßenbahnschaffner, der ihm dreißig Pfennig für ein Umsteigebillett vorgestreckt hatte, bis zu meinem Vater, der insgesamt zweitausend Mark zurückzubekommen hatte, weil ihn anzupumpen Onkel Otto wohl am leichtesten gefallen war.

Seltsamerweise wurde ich am Tage des Begräbnisses großjährig, war also berechtigt, die Erbschaft von zehntausend Mark anzutreten, und brach sofort mein eben begonnenes Studium ab, um mich anderen Plänen zu widmen. Trotz der Tränen meiner Eltern zog ich von zu Hause fort, um in Onkel Ottos Zimmer zu ziehen, es zog mich zu sehr dorthin, und ich wohne heute noch dort, obwohl meine Haare längst angefangen haben, sich zu lichten. Das Inventar hat sich weder vermehrt noch verringert. Heute weiß ich, daß ich manches falsch anfing. Es war sinnlos, zu versuchen, Musiker zu werden, gar zu komponieren, ich habe kein Talent dazu. Heute weiß ich es, aber ich habe diese Tatsache mit einem dreijährigen vergeblichen Studium bezahlt und mit der Gewißheit, in den Ruf eines Nichtstuers zu kommen, außerdem ist die ganze Erbschaft dabei draufgegangen, aber das ist lange her.

Ich weiß die Reihenfolge meiner Pläne nicht mehr, es waren zu viele. Außerdem wurden die Fristen, die ich nötig hatte, um ihre Sinnlosigkeit einzusehen, immer kürzer. Zuletzt hielt ein Plan gerade noch drei Tage, eine Lebensdauer, die selbst für einen Plan zu kurz ist. Die Lebensdauer meiner Pläne nahm so rapid ab, daß sie zuletzt nur noch kurze, vorüberblitzende Gedanken waren, die ich nicht einmal jemand erklären konnte, weil sie mir selbst nicht klar waren. Wenn ich bedenke, daß ich mich immerhin drei Monate der Physiognomik gewidmet habe, bis ich mich zuletzt innerhalb eines einzigen Nachmittags entschloß, Maler, Gärtner, Mechaniker und Matrose zu werden, und daß ich mit dem Gedanken einschlief, ich sei zum Lehrer geboren, und aufwachte in der felsenfesten Überzeugung, die Zollkarriere sei das, wozu ich bestimmt sei...!

Kurz gesagt, ich hatte weder Onkel Ottos Liebenswürdigkeit noch seine relativ große Ausdauer, außerdem bin ich kein Redner, ich sitze stumm bei den Leuten, langweile sie und bringe meine Versuche, ihnen Geld abzuringen, so abrupt, mitten in ein Schweigen hinein, daß sie wie Erpressungen klingen. Nur mit Kindern werde ich gut fertig, wenigstens diese Eigenschaft scheine ich von Onkel Otto als positive geerbt zu haben. Säuglinge werden ruhig, sobald sie auf meinen Armen liegen, und wenn sie mich ansehen, lächeln sie, soweit sie überhaupt schon lächeln können, obwohl man sagt, daß mein Gesicht die Leute erschreckt. Boshafte Leute haben mir geraten, als erster männlicher Vertreter die Branche der Kindergärtner zu gründen und meine endlose Planpolitik durch die Realisierung dieses Plans zu beschließen. Aber ich tue es nicht. Ich glaube, das ist es, was uns unmöglich macht: daß wir unsere wirklichen Fähigkeiten nicht versilbern können – oder wie man jetzt sagt: gewerblich ausnutzen.

Jedenfalls eins steht fest: wenn ich ein schwarzes Schaf bin – und ich selbst bin keineswegs davon überzeugt, eines zu sein –, wenn ich es aber bin, so vertrete ich eine andere Sorte als Onkel Otto: Ich habe nicht seine Leichtigkeit, nicht seinen Charme, und außerdem, meine Schulden drücken mich, während sie ihn offenbar wenig beschwerten. Und ich tat etwas Entsetzliches: ich kapitulierte – ich bat um eine Stelle. Ich beschwor die Familie, mir zu helfen, mich unterzubringen, ihre Beziehungen spielen zu lassen, um mir einmal, wenigstens einmal eine feste Bezahlung gegen eine bestimmte Leistung zu sichern. Und es gelang ihnen. Nachdem ich die Bitten losgelassen, die Beschwörungen schriftlich und mündlich formuliert hatte, dringend flehend war ich entsetzt, als sie ernst genommen und realisiert wurden, und tat etwas, was bisher noch kein schwarzes Schaf getan hat: ich wich nicht zurück, setzte sie nicht drauf, sondern nahm die Stelle an, die sie für mich ausfindig gemacht hatten. Ich opferte etwas, was ich nie hätte opfern sollen: meine Freiheit!

Jeden Abend, wenn ich müde nach Hause kam, ärgerte ich mich, daß wieder ein Tag meines Lebens vergangen war, der mir nur Müdigkeit eintrug, Wut und ebensoviel Geld, wie nötig war, um weiterarbeiten zu können; wenn man diese Beschäftigung Arbeit nennen kann: Rechnungen alphabetisch zu sortieren, sie lochen und in einen nagelneuen Ordner zu klemmen, wo sie das Schicksal, nie bezahlt zu werden, geduldig erleiden; oder Werbebriefe zu schreiben, die erfolglos in die Gegend reisen und nur eine überflüssige Last für den Briefträger sind; manchmal auch Rechnungen zu schreiben, die sogar gelegentlich bar bezahlt wurden. Verhandlungen mußte ich führen mit Reisenden, die sich vergeblich bemühten, jemand jenen Schund anzudrehen, den unser Chef herstellte. Unser Chef, dieses rastlose Rindvieh, der nie Zeit hat und nichts tut, der die wertvollen Stunden des Tages zäh zerschwätzt – tödlich sinnlose Existenz –, der sich die Höhe seiner Schulden nicht einzugestehen wagt, sich von Bluff zu Bluff durchgaunert, ein Luftballonakrobat, der den einen aufzublasen beginnt, während der andere eben platzt: übrig bleibt ein widerlicher Gummilappen, der eine Sekunde vorher noch Glanz hatte, Leben und Prallheit.

Unser Büro lag unmittelbar neben der Fabrik, wo ein Dutzend Arbeiter jene Möbel herstellten, die man kauft, um sich sein Leben lang darüber zu ärgern, wenn man sich nicht entschließt, sie nach drei Tagen zu Anmachholz zu zerschlagen: Rauchtische, Nähtische, winzige Kommoden, kunstvoll bepinselte kleine Stühle, die unter dreijährigen Kindern zusammenbrechen, kleine Gestelle für Vasen oder Blumentöpfe, schundigen Krimskrams, der sein Leben der Kunst eines Schreiners zu verdanken scheint, während in Wirklichkeit nur ein schlechter Anstreicher ihnen mit Farbe, die für Lack ausgegeben wird, eine Scheinschönheit verleiht, die die Preise rechtfertigen soll.

So verbrachte ich meine Tage einen nach dem andern – es waren fast vierzehn – im Büro dieses unintelligenten Menschen, der sich selbst ernst nahm, sich außerdem für einen Künstler hielt, denn gelegentlich – es geschah nur einmal, während ich da war – sah man ihn am Reißbrett stehen, mit Stiften und Papier hantieren und irgendein wackliges Ding entwerfen, einen Blumenständer oder eine neue Hausbar, weiteres Ärgernis für Generationen.

Die tödliche Sinnlosigkeit seiner Apparate schien ihm nicht aufzugehen. Wenn er ein solches Ding entworfen hatte – es geschah, wie gesagt, nur einmal, solange ich bei ihm war –, raste er mit seinem Wagen davon, um eine schöpferische Pause zu machen, die sich über acht Tage hinzog, während er nur eine Viertelstunde gearbeitet hatte. Die Zeichnung wurde dem Meister hingeschmissen, der sie auf seine Hobelbank legte, sie stirnrunzelnd studierte, dann die Holzbestände musterte, um die Produktion anlaufen zu lassen.

Tagelang sah ich dann, wie sich hinter den verstaubten Fenstern der Werkstatt – er nannte es Fabrik – die neuen Schöpfungen türmten: Wandbretter oder Radiotischchen, die kaum den Leim wert waren, den man an sie verschwendete.

Einzig brauchbar waren die Gegenstände, die sich die Arbeiter ohne Wissen des Chefs herstellten, wenn seine Abwesenheit für einige Tage garantiert war: Fußbänkchen oder Schmuckkästen von erfreulicher Solidität und Einfachheit; die Urenkel werden auf ihnen noch reiten oder ihren Krempel darin aufbewahren: brauchbare Wäschegestelle, auf denen die Hemden mancher Generation noch flattern werden. So wurde das Tröstliche und Brauchbare illegal geschaffen.

Aber die wirklich imponierende Persönlichkeit, die mir während dieses Intermezzos beruflicher Wirksamkeit begegnete – war der Straßenbahnschaffner, der mir mit seiner Knipszange den Tag ungültig stempelte; er hob diesen winzigen Fetzen Papier, meine Wochenkarte, schob ihn in die offene Schnauze seiner Zange, und eine unsichtbar nachfließende Tinte machte zwei laufende Zentimeter darauf – einen Tag meines Lebens – hinfällig, einen wertvollen

Tag, der mir nur Müdigkeit eingebracht hatte, Wut und eben so viel Geld, wie nötig war, um weiter dieser sinnlosen Beschäftigung nachzugehen. Schicksalhafte Größe wohnte diesem Mann in der schlichten Uniform der städtischen Bahnen inne, der jeden Abend Tausende von Menschentagen für nichtig erklären konnte.

Noch heute ärgere ich mich, daß ich meinem Chef nicht kündigte, bevor ich fast gezwungen wurde, ihm zu kündigen; daß ich ihm den Kram nicht hinwarf, bevor ich fast gezwungen wurde, ihn hinzuwerfen: denn eines Tages führte mir meine Wirtin einen finster dreinblickenden Menschen ins Büro, der sich als Lotterie-Einnehmer vorstellte und mir erklärte, daß ich Besitzer eines Vermögens von 50 000 DM sei, falls ich der und der sei und sich ein bestimmtes Los in meiner Hand befände. Nun, ich war der und der, und das Los befand sich in meiner Hand. Ich verließ sofort ohne Kündigung meine Stelle, nahm es auf mich, die Rechnungen ungelocht, unsortiert liegenzulassen, und es blieb mir nichts anderes übrig, als nach Hause zu gehen, das Geld zu kassieren und die Verwandtschaft durch den Geldbriefträger den neuen Stand der Dinge wissen zu lassen.

Offenbar erwartete man, daß ich bald sterben oder das Opfer eines Unglücksfalles werden würde. Aber vorläufig scheint kein Auto ausersehen, mich des Lebens zu berauben, und mein Herz ist vollkommen gesund, obwohl auch ich die Flasche nicht verschmähe. So bin ich nach Bezahlung meiner Schulden der Besitzer eines Vermögens von fast 30 000 DM, steuerfrei, bin ein begehrter Onkel, der plötzlich wieder Zugang zu seinem Patenkind hat. Überhaupt, die Kinder lieben mich ja, und ich darf jetzt mit ihnen spielen, ihnen Bälle kaufen, sie zu Eis einladen, Eis mit Sahne, darf ganze riesengroße Trauben von Luftballons kaufen, Schiffschaukeln und Karussells mit der lustigen Schar bevölkern.

Während meine Schwester ihrem Sohn, meinem Patenkind, sofort ein Los gekauft hat, beschäftige ich mich jetzt damit, zu überlegen, stundenlang zu grübeln, wer mir folgen wird in dieser Generation, die dort heranwächst; wer von diesen blühenden, spielenden, hübschen Kindern, die meine Brüder und Schwestern in die Welt gesetzt haben, wird das schwarze Schaf der nächsten Generation sein? Denn wir sind eine charakteristische Familie und bleiben es. Wer wird brav sein bis zu jenem Punkt, wo er aufhört, brav zu sein? Wer wird sich plötzlich anderen Plänen widmen wollen, unfehlbaren, besseren? Ich möchte es wissen, ich möchte ihn warnen, denn auch wir haben unsere Erfahrungen, auch unser Beruf hat seine Spielregeln, die ich ihm mitteilen könnte, dem Nachfolger, der vorläufig noch unbekannt ist und wie der Wolf im Schafspelz in der Horde der anderen spielt…

Aber ich habe das dunkle Gefühl, daß ich nicht mehr so lange leben werde, um ihn zu erkennen und einzuführen in die Geheimnisse; er wird auftreten, sich entpuppen, wenn ich sterbe und die Ablösung fällig wird, er wird mit erhitztem Gesicht vor seine Eltern treten und sagen, daß er es satt hat, und ich hoffe nur insgeheim, daß dann noch etwas übrig sein wird von meinem Geld, denn ich habe mein Testament verändert und habe den Rest meines Vermögens dem vermacht, der zuerst die untrüglichen Zeichen zeigt, daß er mir nachzufolgen bestimmt ist…

Hauptsache, daß er ihnen nichts schuldig bleibt.

Der Zwerg und die Puppe

Die Routen sind uns genau vorgeschrieben. Wir verlassen jeden Morgen in verschiedenen Richtungen die Stadt, ein Trupp von sechs Ermittlern, die der Statistik dienen. Es war noch dunkel, als ich an diesem Tag in Köln einstieg; zu breit kam mir der Dom vor, breit und zerklüftet, und es war ein seltsam düsteres Spiel, als der Zug in Deutz hielt, wo keiner aus- noch einstieg, aber Zugführer, Vorsteher und Schaffner dennoch Signale austauschten: Lampen wurden geschwenkt, Rufe ertönten und Pfiffe, bis der Kolben der Lokomotive sich wieder zu drehen begann. Erst hinter Mülheim sah ich, wie es anfing, hell zu werden, hinter den Bergen, die östlich von Köln liegen: scharf sprang ein Turm in einem plötzlichen Sonnenstrahl aus dem Dämmer heraus, und ich sah, daß es erst sechs war.

Wir versuchen, unsere Ermittlung auf möglichst vielfältige Weise durchzuführen, lassen alles Formale weg, verzichten auf Fragebogen. Nur Notizbuch und Bleistift dienen uns, und der Plan, an den uns zu halten wir verpflichtet sind. Der neueste Gedanke des Chefs ist, die Leute so früh wie möglich aufzusuchen, »im Anblick des Alltags sozusagen«, eine undankbare und schwierige Geschichte.

So hatte ich bald wieder meinen Mantel zuzuknöpfen und nach meiner Mütze zu greifen, denn eine Stimme rief draußen: »Opladen, Opladen!«

Ich hatte vom Bahnhof aus etwa acht Minuten zu gehen, ehe ich die vorgeschriebene Anschrift erreicht hatte: ein kleines Haus aus roten Backsteinen.

Ich drückte auf den Klingelknopf und wartete. Ich wartete lange. Aber alles blieb still. Leute gingen auf der Straße an mir vorüber, seltsame Blicke trafen mich, aber drinnen war nichts zu hören, und der gelbliche Vorhang bewegte sich nicht: nur ein Porzellanzwerg mit einer Ziehharmonika auf dem Schoß saß auf der Fensterbank zwischen Scheibe und Vorhang und suchte mit seinen stumpfen Fingern nach einer Melodie, die er nicht zu finden schien. Er grinste ins Unbestimmte hinein, und erst als ich länger hinsah, bemerkte ich, daß er auf einem Aschenbecher hockte und in seiner hohlen Mütze eine Zigarette stak.

Ich klingelte noch einmal, aber da trat eine Frau an mich heran, die kurz vorher mit der Milchkanne an mir vorübergegangen war. Sie sah müde aus.

»Zu wem wollen Sie?«

»Meixner«, sagte ich.

Sie schüttelte den Kopf: »Der ist doch tot.«

»Und seine Frau?«

»Im Krankenhaus.«

Sie ging kopfschüttelnd weg und blickte sich einmal um, weil ich noch stehenblieb und dem Zwerg ins Gesicht blickte. Dann ging ich langsam zum Bahnhof zurück. Wir sind nicht ermächtigt, in solchen Fällen eigene Initiative zu ergreifen und andere Adressen aufzusuchen. Der Tote bleibt tot und geht in die Konzentrationslisten als Strich in einer bestimmten Rubrik ein.

Ich stieg in den Zug nach Düsseldorf, malte vorsichtig ein Kreuz hinter die Opladener Adresse und las die Zeitung, aber immer sah ich vor mir das hoffnungslose Porzellangesicht des Zwerges, dessen Grinsen mir nicht zufällig erschien.

In Düsseldorf verließ ich den Bahnhof schnell. Irrtümer sind bei unserer Arbeit fast ausgeschlossen. Selbst die Straßenbahnen sind uns vorgeschrieben und fahren uns unfehlbar so nahe wie möglich an die Häuser heran, die wir aufzusuchen haben. Ich stieg in die Bahn, gab dem Schaffner Geld und verließ nach zehn Minuten die Bahn vor einem Zigarettengeschäft – dort trat ich ein. Hinter einem Berg von Zigarrenkisten erhob sich eine Frau; sie war groß und steif, und es entstand der Eindruck von Künstlichkeit, weil sie ihre Arme nur vom Ellenbogen an abwärts bewegte, die obere Hälfte an den Leib gepreßt hielt. Ich blickte ihr ins Gesicht.

»Bitte?« fragte sie.

Ich holte tief Atem, um meinen Spruch zu sagen, nahm gleichzeitig meinen Ausweis aus der Tasche und hielt ihn in der Hand. Ich habe die Gewohnheit, die Einleitung absichtlich herunterzurasseln, auch die Fragen abzuleiern, um den Eindruck des Unpersönlichen zu erhöhen. Außerdem blicke ich die Leute nicht an. So sah ich über ihre Schulter auf einen Türken mit Fes, der seine Zigarette sinnlos zwischen den Fingern verqualmen ließ und einer Moschee zugrinste.

»Ich komme vom Intelligenz-Institut«, sagte ich, »wir sind bemüht, durch Befragen aller Bevölkerungsschichten, in allen Gegenden, zu jeder Tageszeit die Meinung der Menschen über gewisse Dinge zu erforschen. Wir wären Ihnen dankbar, wenn Sie ein paar Fragen gestatten würden. Ich brauche nicht zu betonen, daß Diskretion...«

»Fragen Sie«, sagte sie ruhig. Ihr Mund hatte sich geöffnet, und ein Lächeln flog über ihr Gesicht, das große Müdigkeit hervorzurufen schien.

»Glauben Sie an Gott?« fragte ich.

Ihre Hände lösten sich von der Theke, sie griff sich zum Herzen, dann an den Kopf, hob die schweren Lider ganz, so daß ich die großen, ruhigen, grauen Augen sah. Dann nickte sie.

»Wie stellen Sie sich Gott vor?«

»Gott ist traurig«, sagte sie still, »wir müssen ihn trösten.«

Ich schwieg einen Augenblick, sagte »Danke« und ging.

Die gleichen Fragen stellte ich zwanzig Minuten später einem Mann, der unbeweglich hinter der Gardine stand und dem Straßenverkehr zusah. Er hieß Baluhn, sein stumpfes Gebiß wirkte bläulich, seine Arme waren stark behaart. Er spielte mit den Fransen des Vorhanges, und sein fahler Kopf mit der Glatze sah tödlich traurig aus, als er sich mir zuwandte und sagte: »Es hat Gott gegeben, aber sie haben ihn getötet, und er ist nicht auferstanden.«

Das dritte Haus war halb zerstört. Im Flur spielte ein Kind in einer Pfütze, die noch vom letzten Regen her dort stand. Das Kind war blaß und still, und ich hörte im Aufgang eine Frauenstimme singen. Die Frau sang schön. Das Kind summte leise mit. Ich stieg vorsichtig die Treppe hinauf. Im ersten Stock stand eine Tür offen: ich sah den Rücken einer Frau, die über den Tisch gebeugt war, um Teig zu rollen. Es war die, die gesungen hatte. Sie schwieg beim Geräusch meiner Tritte, wandte sich um: ihr blasses Gesicht, von strähnigem schwarzem Haar umgeben, blickte mich ruhig an.

»Frau Dietz?« fragte ich. Sie nickte, und ich leierte meinen Spruch ab, selbst berührt von diesem faszinierenden Rhythmus, der sich durch betontes Leiern gebildet hat.

Die Frau schwieg erst. Sie wischte sich die Hände an der Schürze ab und starrte mich mit offenem Mund an: »Gott«, sagte sie, »es gibt zwei Götter, einen Gott der Reichen und einen Gott der Armen.«

Mühsam atmend stellte ich die zweite Frage.

Sie überlegte nicht lange. »Der eine ist hart und machtlos«, sagte sie, »und der andere ist sanft, aber gewaltig – gewaltig.«

»Ich danke Ihnen«, sagte ich, aber ich ging nicht. Wir blickten uns an, es war still für einen Augenblick, dann lächelten wir, und ich ging die Treppe hinunter.

Ich mußte zum Bahnhof laufen, um meinen Anschluß zu bekommen. Wahrscheinlich hatte ich zu lange gelächelt, und es war spät geworden. Ich suchte einen Sitzplatz, nahm mein Notizbuch heraus und schrieb die Düsseldorfer Ergebnisse ein. An sich mißtraut der Chef dem geschriebenen Wort noch mehr als dem gesprochenen – er plant, uns kleine Aufnahmegeräte mitzugeben, die den Dialog wörtlich wiedergeben, während für uns nur eine kurze Schilderung des Milieus bliebe. Aber offenbar haben seine Auftraggeber bisher die Kosten gescheut.

Gegen zwölf war ich in Gelsenkirchen. Es hatte angefangen zu regnen, und ich ging langsam im Regen durch die Stadt; die herbe Luft glich dem Fahrgeruch der Eisenbahn, bitter und würzig, auch als ich in ein stilleres Stadtviertel kam. Löwenzahn wuchs auf den Trümmern in dichter Kolonie, und auf der Suche nach der Hausnummer blieb ich vor einem Kolonialwarenladen stehen: die Reklameschilder glänzten trübe im Regen, und die Waren schienen hinter den feuchten Scheiben zu schwimmen wie in einem Aquarium. Ich trat im Nebenhaus ein: es war ein Friseursalon. Alles war still, und der Laden lag wie im Dämmer. Im Hintergrund schimmerte bläulich ein Transparent, das Gummiwaren anpries, neben dem Gesicht eines sehr zufrieden lächelnden Herrn, der über eine Rasiercreme entzückt schien. In den Spiegeln über den Waschbecken sah ich mich selbst: ich sah hilflos aus. Ich rief: »Hallo!«, wartete, aber nichts rührte sich. In einem Nebenzimmer schienen Kinder zu spielen, ich hörte ihr Kreischen gedämpft. Ich setzte mich, stopfte meine Pfeife, zündete sie an und nahm eine Illustrierte vom Haken. Die Illustrierte war fast drei Wochen alt. Eine Filmschauspielerin zierte das Titelblatt, die längst schon vergessen war, hier aber noch als die schönste Frau des Jahrhunderts galt, und auf der zweiten Seite sah ich das humane Gesicht eines Generals, der beteuerte, daß er unschuldig sei; woran, stand nicht da.

In diesem Augenblick wurde die Ladentür aufgerissen, und ein junges Mädchen stürmte herein. Ihr heiteres, eifriges Gesicht kam mir bekannt vor. Der Notizblock in ihrer Hand klärte mich vollkommen auf.

»Guten Tag, Meister!« schrie sie mich an. »Ich komme vom Intelligenz-Institut, gestatten Sie ein paar Fragen?«

»Gern«, sagte ich, nahm meine Pfeife in den Mund und stieß dicke Wolken aus.

39

»Glauben Sie an Gott?«

»Ja«, sagte ich.

»Wie stellen Sie sich Gott vor?«

»Ich bin Christ.«

»Oh«, rief sie, »schön – wirklich?«

»Wirklich«, sagte ich.

»Vielen Dank.« Sie steckte ihr Notizbuch weg, rannte die Stufen hinauf und knallte die Tür hinter sich zu. Ich stand langsam auf und war nun erschrocken, als der Ladenbesitzer plötzlich neben mir stand. Er war ein junger Mann, sein Haar war zerrauft, und er schien erhitzt zu sein. Er lächelte.

»Verzeihung«, sagte er, »warten Sie schon lange?«

»Nein, nein«, sagte ich lächelnd.

»Was wünschen Sie?«

»Rasierklingen, bitte«, sagte ich, »zehn Stück. Aber schnell.«

Er lief zum Regal, gab mir ein Päckchen, ich warf Geld hin und lief hinaus. Ich holte die Kollegin an der Straßenecke ein und folgte ihr. Ich ging sehr lange im Regen hinter ihr, fast durch die ganze Stadt – vorbei an Eisenwerken, Riesenanlagen, Zechen –, durch belebte Straßen und einen großen Park. Sie suchte genau die Adressen auf, die mir für den Nachmittag bestimmt waren. Offenbar lag ein Irrtum der Abteilung »Reisepläne« vor.

Es war schon spät, als ich endlich müde hinter ihr her zum Bahnhof ging. Aber ich hatte keine Lust, nach Hause zu fahren. Ich setzte mich nahe am Bahnhof in ein Kino, dort war es warm und still, und ich schlief kurz nach Beginn des Hauptfilms ein. Als ich hinaustrat, regnete es immer noch.

Ich stieg in einen Zug, der südwärts fuhr, schlief im Sitzen ein und wurde nur wach, wenn der Zug hielt. So döste ich hin, bis eine Stimme im Dunkeln »Opladen« rief: »Opladen – hier ist Opladen.« Ich sprang auf, nahm meine Mütze aus dem Netz und stieg schnell aus. Erst als ich an der Sperre stand und der Zug weiterfuhr, sich langsam im

Dunkeln an mir vorbeischiebend, begriff ich, daß ich in Opladen nichts mehr zu suchen hatte. Der nächste Zug fuhr erst in einer Stunde, und ich wußte nichts anderes, als langsam hinauszugehen zu dem Haus, wo ich morgens gewesen war. Schon von weitem sah ich, daß es erleuchtet war. Ich ging schnell näher, las auf dem Schild, daß der Name Meixner schon überklebt war. Von der anderen Straßenseite aus sah ich mir den Zwerg an: von hinten beleuchtet sah er fast lebendig aus. Eine junge Frau ging durchs Zimmer, mit einem rötlichen Mantel bekleidet, und plötzlich hob sich der Vorhang, und ein kleines Mädchen im Nachthemd stützte sich auf die Fensterbank und drückte seine Puppe fest an die Scheiben. Die Puppe war alt und schmutzig, aber ich hob die Hand und winkte ihr zu. Das Kind erschrak, machte eine heftige Bewegung, der Zwerg bekam einen Stoß und fiel auf den Boden. Ich hörte, wie er zerschellte, es klirrte nur kurz. Das Kind verschwand, die Puppe stand noch da, schief gegen die Scheiben gelehnt, ein struppiges Ding. Ich winkte ihr noch einmal zu und ging langsam weg: aus einem anderen Zimmer kam jetzt Geschrei, und ich wußte, daß das Mädchen Prügel bekam. Kinder bekommen immer Prügel, fast immer unschuldig und immer umsonst, und ich hoffte, daß sie nicht zuviel bekam.

Als ich noch einmal stehenblieb, war es schon still, und ich betete, daß der Vater sie nicht noch einmal schlagen sollte. Vielleicht war er tot, oder er hatte Nachtschicht, vielleicht auch würde er glauben, daß draußen wirklich ein schwarzer Mann gestanden und der Puppe zugewinkt hatte. Es mußte etwas geschehen, daß das Mädchen nicht noch einmal Prügel bekam.

Ich ging sehr langsam zum Bahnhof zurück.

Mein Onkel Fred

Mein Onkel Fred ist der einzige Mensch, der mir die Erinnerung an die Jahre nach 1945 erträglich macht. Er kam an einem Sommernachmittag aus dem Kriege heim, schmucklos gekleidet, als einzigen Besitz eine Blechbüchse an einer Schnur um den Hals tragend sowie beschwert durch das unerhebliche Gewicht einiger Kippen, die er sorgfältig in einer kleinen Dose aufbewahrte. Er umarmte meine Mutter, küßte meine Schwester und mich, murmelte die Worte: »Brot, Schlaf, Tabak« und rollte sich auf unser Familiensofa, und so entsinne ich mich seiner als eines Menschen, der bedeutend länger war als unser Sofa, ein Umstand, der ihn zwang, seine Beine entweder anzuwinkeln oder sie einfach überhängen zu lassen. Beide Möglichkeiten veranlaßten ihn, sich wütend über das Geschlecht unserer Großeltern auszulassen, dem wir die Anschaffung dieses wertvollen Möbelstückes verdankten. Er nannte diese biedere Generation muffig und pyknisch, verachtete ihren Geschmack für jenes säuerliche Rosa des Stoffes, mit dem das Sofa überzogen war, fühlte sich aber keineswegs gehindert, einem sehr ausgiebigen Schlaf zu frönen.

Ich selbst übte damals eine undankbare Funktion in unserer unbescholtenen Familie aus: ich war vierzehn Jahre alt und das einzige Bindeglied zu jener denkwürdigen Institution, die wir Schwarzmarkt nannten. Mein Vater war gefallen, meine Mutter bezog eine winzige Pension, und so bestand meine Aufgabe darin, fast täglich kleinere Teile unseres geretteten Besitzes zu verscheuern oder sie gegen Brot, Kohle und Tabak zu tauschen. Die Kohle war damals Anlaß zu erheblichen Verletzungen des Eigentumsbegriffes, die man heute mit dem harten Wort Diebstahl bezeichnen muß. So ging ich fast täglich zum Diebstahl oder Verscheuern aus, und meine Mutter, obwohl ihr die

Notwendigkeit eines solch anrüchigen Tuns einleuchtete, sah mich morgens nur mit Tränen in den Augen meinen komplizierten Pflichten entgegengehen. So hatte ich die Aufgabe, ein Kopfkissen zu Brot, eine Sammeltasse zu Grieß oder drei Bände Gustav Freytag zu fünfzig Gramm Kaffee zu machen, Aufgaben, denen ich zwar mit sportlichem Eifer, aber nicht ganz ohne Erbitterung und Angst oblag. Denn die Wertbegriffe – so nannten es die Erwachsenen damals – waren erheblich verschoben, und ich kam hin und wieder unberechtigterweise in den Verdacht der Unehrlichkeit, weil der Wert eines zu verscheuernden Objektes keineswegs dem entsprach, den meine Mutter für angemessen hielt. Es war schon eine bittere Aufgabe, als Vermittler zwischen zwei Wertwelten zu stehen, die sich inzwischen angeglichen zu haben scheinen.

Onkel Freds Ankunft weckte in uns allen die Erwartung starker männlicher Hilfe. Aber zunächst enttäuschte er uns. Schon vom ersten Tage an erfüllte mich sein Appetit mit großer Sorge, und als ich diese meiner Mutter ohne Zögern mitteilte, bat sie mich, ihn erst einmal »zu sich kommen zu lassen«. Es dauerte fast acht Wochen, ehe er zu sich kam. Trotz aller Flüche über das unzulängliche Sofa schlief er dort recht gut, verbrachte den Tag dösend oder indem er uns mit leidender Stimme erklärte, welche Stellung er im Schlaf bevorzuge.

Ich glaube, es war die Stellung eines Sprinters vor dem Start, die er damals allen anderen vorzog. Er liebte es, nach dem Essen auf dem Rücken liegend, mit angezogenen Beinen, ein großes Stück Brot genußvoll in sich hineinzubröckeln, dann eine Zigarette zu drehen und dem Abendessen entgegenzuschlafen. Er war sehr groß und blaß und hatte am Kinn eine kranzförmige Narbe, die seinem Gesicht etwas von einem angeschlagenen Marmordenkmal gab. Obwohl mich sein Appetit und sein Schlafbedürfnis weiterhin beunruhigten, mochte ich ihn sehr gern. Er war der einzige, mit dem ich wenigstens den Schwarzmarkt theoretisieren konnte, ohne Streit zu bekommen. Offenbar war er über das Zerwürfnis zwischen den beiden Wertwelten informiert.

Unserem Drängen, vom Kriege zu erzählen, gab er nie nach; er behauptete, es lohne sich nicht. Er beschränkte sich darauf, uns hin und wieder von seiner Musterung zu berichten, die offenbar überwiegend darin bestanden hatte, daß ein uniformierter Mensch Onkel Fred mit heftiger Stimme aufgefordert hatte, in ein Reagenzglas zu urinieren, eine Aufforderung, der Onkel Fred nicht gleich hatte nachkommen können, womit seine militärische Laufbahn von vornherein unter einem ungünstigen Zeichen stand. Er behauptete, daß das lebhafte Interesse des Deutschen Reiches für seinen Urin ihn mit erheblichem Mißtrauen erfüllt habe, mit einem Mißtrauen, das er in sechs Jahren Krieg bedenklich bestätigt fand.

Er war früher Buchhalter gewesen, und als die ersten vier Wochen auf unserem Sofa vorüber waren, forderte meine Mutter ihn mit schwesterlicher Sanftmut auf, sich nach seiner alten Firma zu erkundigen – er gab diese Aufforderung behutsam an mich weiter, aber alles, was ich ermitteln konnte, war ein absoluter Trümmerhaufen von zirka acht Meter Höhe, den ich nach einstündiger mühsamer Pilgerschaft in einem zerstörten Stadtteil auffand. Onkel Fred war über das Ergebnis meiner Ermittlung sehr beruhigt.

Er lehnte sich zurück, drehte sich eine Zigarette, nickte meiner Mutter triumphierend zu und bat sie, seine Habseligkeiten herauszusuchen. In einer Ecke unseres Schlafraumes fand sich eine sorgfältig vernagelte Kiste, die wir unter großer Spannung mit Hammer und Zange öffneten; es kamen heraus: zwanzig Romane mittleren Umfangs und mittlerer Qualität, eine goldene Taschenuhr, verstaubt, aber unbeschädigt, zwei Paar Hosenträger, einige Notizbücher, das Diplom der Handelskammer und ein Sparkassenbuch über zwölfhundert Mark. Das Sparkassenbuch wurde mir zum Abholen des Geldes, alles andere zum Verscheuern übergeben, einschließlich des Diploms von der Handelskammer, das aber keinen Abnehmer fand, weil Onkel Freds Name mit schwarzer Tusche geschrieben war.

So waren wir vier Wochen jegliche Sorge wegen Brot, Tabak und Kohlen los, ein Umstand, den ich sehr erleichternd fand, zumal alle Schulen wieder einladend ihre Tore öffneten und ich aufgefordert wurde, meine Bildung zu vervollständigen.

Noch heute, wo meine Bildung längst komplett ist, bewahre ich den Suppen, die es damals gab, eine zärtliche Erinnerung, vor allem, weil man fast kampflos zu dieser zusätzlichen Mahlzeit kam, die dem gesamten Bildungswesen eine erfreuliche zeitgemäße Note gab.

Aber das Ereignis in dieser Zeit war die Tatsache, daß Onkel Fred gut acht Wochen nach seiner erfreulichen Heimkehr die Initiative ergriff.

Er erhob sich an einem Spätsommertag morgens von seinem Sofa, rasierte sich so umständlich, daß wir erschraken, verlangte saubere Wäsche, lieh sich mein Fahrrad und verschwand.

Seine späte Heimkehr stand unter dem Zeichen großen Lärms und eines heftigen Weingeruchs; der Weingeruch entströmte dem Munde meines Onkels, der Lärm rührte von einem halben Dutzend Zinkeimern, die er mit einem großen Seil zusammengebunden hatte. Unsere Verwirrung legte sich erst, als wir erfuhren, daß er entschlossen sei, den Blumenhandel in unserer arg zerstörten Stadt zum Leben zu erwecken. Meine Mutter, voller Mißtrauen gegen die neue Wertwelt, verwarf den Plan und behauptete, für Blumen bestehe kein Bedürfnis. Aber sie täuschte sich.

Es war ein denkwürdiger Morgen, als wir Onkel Fred halfen, die frischgefüllten Eimer an die Straßenbahnhaltestelle zu bringen, wo er sein Geschäft startete. Und ich habe den Anblick der gelben und roten Tulpen, der feuchten Nelken noch heute im Gedächtnis und werde nie vergessen, wie schön er aussah, als er inmitten der grauen Gestalten und der Trümmerhaufen stand und mit schallender

Stimme anfing zu rufen: »Blumen ohne!« Über die Entwicklung seines Geschäftes brauche ich nichts zu sagen: sie war kometenhaft. Schon nach vier Wochen war er Besitzer von drei Dutzend Zinkeimern, Inhaber zweier Filialen, und einen Monat später war er Steuerzahler. Die ganze Stadt schien mir verändert: an vielen Ecken tauchten nun Blumenstände auf, der Bedarf war nicht zu decken; immer mehr Zinkeimer wurden angeschafft, Bretterbuden errichtet und Karren zusammengezimmert.

Jedenfalls waren wir nicht nur dauernd mit frischen Blumen, sondern auch mit Brot und Kohlen versehen, und ich konnte meine Vermittlertätigkeit niederlegen, eine Tatsache, die viel zu meiner moralischen Festigung beigetragen hat. Onkel Fred ist längst ein gemachter Mann: seine Filialen blühen immer noch, er hat ein Auto, und ich bin als sein Erbe vorgesehen und habe den Auftrag, Volkswirtschaft zu studieren, um die steuerliche Betreuung des Unternehmens schon vor Antritt der Erbschaft übernehmen zu können.

Wenn ich ihn heute sehe, einen massigen Menschen, am Steuer seines rotlackierten Wagens, kommt es mir merkwürdig vor, daß es wirklich eine Zeit in meinem Leben gab, in der mir sein Appetit schlaflose Nächte bereitete.

Nicht nur zur Weihnachtszeit

In unserer Verwandtschaft machen sich Verfallserscheinungen bemerkbar, die man eine Zeitlang stillschweigend zu übergehen sich bemühte, deren Gefahr ins Auge zu blicken man nun aber entschlossen ist. Noch wage ich nicht, das Wort Zusammenbruch anzuwenden, aber die beunruhigenden Tatsachen häufen sich derart, daß sie eine Gefahr bedeuten und mich zwingen, von Dingen zu berichten, die den Ohren der Zeitgenossen zwar befremdlich klingen werden, deren Realität aber niemand bestreiten kann. Schimmelpilze der Zersetzung haben sich unter der ebenso dicken wie harten Kruste der Anständigkeit eingenistet, Kolonien tödlicher Schmarotzer, die das Ende der Unbescholtenheit einer ganzen Sippe ankündigen. Heute müssen wir es bedauern, die Stimme unseres Vetters Franz überhört zu haben, der schon früh begann, auf die schrecklichen Folgen aufmerksam zu machen, die ein »an sich« harmloses Ereignis haben werde. Dieses Ereignis selbst war so geringfügig, daß uns das Ausmaß der Folgen nun erschreckt. Franz hat schon früh gewarnt. Leider genoß er zu wenig Reputation. Er hat einen Beruf erwählt, der in unserer gesamten Verwandtschaft bisher nicht vorgekommen ist, auch nicht hätte vorkommen dürfen: er ist Boxer geworden. Schon in seiner Jugend schwermütig und von einer Frömmigkeit, die immer als »inbrünstiges Getue« bezeichnet wurde, ging er früh auf Bahnen, die meinem Onkel Franz – diesem herzensguten Menschen – Kummer bereiteten. Er liebte es, sich der Schulpflicht in einem Ausmaß zu entziehen, das nicht mehr als normal bezeichnet werden kann. Er traf sich mit fragwürdigen Kumpanen in abgelegenen Parks und dichten Gebüschen vorstädtischen Charakters. Dort übten sie die harten Regeln des Faustkampfes, ohne sich bekümmert darum zu zeigen, daß das humanistische Erbe vernachlässigt wurde. Diese Burschen zeigten schon früh die Untugenden ihrer Generation, von der sich ja inzwischen herausgestellt hat, daß sie nichts taugt. Die erregenden Geisteskämpfe früherer Jahrhunderte interessierten sie nicht, zu sehr waren sie mit den fragwürdigen Aufregungen ihres eigenen Jahrhunderts beschäftigt. Zunächst schien mir, Franzens Frömmigkeit stehe im Gegensatz zu diesen regelmäßigen Übungen in passiver und aktiver Brutalität. Doch heute beginne ich manches zu ahnen. Ich werde darauf zurückkommen müssen.

Franz also war es, der schon frühzeitig warnte, der sich vor allem von der Teilnahme an gewissen Feiern ausschloß, das Ganze als Getue und Unfug bezeichnete, sich vor allem später weigerte, an Maßnahmen teilzunehmen, die zur Erhaltung dessen, was er Unfug nannte, sich als erforderlich erwiesen. Doch – wie gesagt – besaß er zu wenig Reputation, um in der Verwandtschaft Gehör zu finden.

Jetzt allerdings sind die Dinge in einer Weise ins Kraut geschossen, daß wir ratlos dastehen, nicht wissend, wie wir ihnen Einhalt gebieten sollen.

Franz ist längst ein berühmter Faustkämpfer geworden, doch weist er heute das Lob, das ihm in der Familie gespendet wird, mit derselben Gleichgültigkeit zurück, mit der er sich damals jede Kritik verbat.

Sein Bruder aber – mein Vetter Johannes –, ein Mensch, für den ich jederzeit meine Hand ins Feuer gelegt hätte, dieser erfolgreiche Rechtsanwalt, Lieblingssohn meines Onkels – Johannes soll sich der kommunistischen Partei genähert haben, ein Gerücht, das zu glauben ich mich hartnäckig weigere. Meine Cousine Lucie, bisher eine normale Frau, soll sich nächtlicherweise in anrüchigen Lokalen, von ihrem hilflosen Gatten begleitet, Tänzen hingeben, für die ich kein anderes Beiwort als existentialistisch finden kann, Onkel Franz selbst, dieser herzensgute Mensch, soll geäußert haben, er sei lebensmüde, er, der in der gesamten

Verwandtschaft als ein Muster an Vitalität galt und als ein Vorbild dessen, was man uns einen christlichen Kaufmann zu nennen gelehrt hat.

Arztrechnungen häufen sich, Psychiater, Seelentestler werden einberufen. Einzig meine Tante Milla, die als Urheberin all dieser Erscheinungen bezeichnet werden muß, erfreut sich bester Gesundheit, lächelt, ist wohl und heiter, wie sie es fast immer war. Ihre Frische und Munterkeit beginnen jetzt langsam uns aufzuregen, nachdem uns ihr Wohlergehen lange Zeit so sehr am Herzen lag. Denn es gab eine Krise in ihrem Leben, die bedenklich zu werden drohte. Gerade darauf muß ich näher eingehen.

2

Es ist einfach, rückwirkend den Herd einer beunruhigenden Entwicklung auszumachen – und merkwürdig, erst jetzt, wo ich es nüchtern betrachte, kommen mir die Dinge, die sich seit fast zwei Jahren bei unseren Verwandten begeben, außergewöhnlich vor.

Wir hätten früher auf die Idee kommen können, es stimme etwas nicht. Tatsächlich, es stimmt etwas nicht, und wenn überhaupt jemals irgend etwas gestimmt hat – ich zweifle daran –, hier gehen Dinge vor sich, die mich mit Entsetzen erfüllen.

Tante Milla war in der ganzen Familie von jeher wegen ihrer Vorliebe für die Ausschmückung des Weihnachtsbaumes bekannt, eine harmlose, wenn auch spezielle Schwäche, die in unserem Vaterland ziemlich verbreitet ist. Ihre Schwäche wurde allgemein belächelt, und der Widerstand, den Franz von frühester Jugend an gegen diesen »Rummel« an den Tag legte, war immer Gegenstand heftigster Entrüstung, zumal Franz ja sowieso eine beunruhigende Erscheinung war. Er weigerte sich, an der Ausschmückung des Baumes teilzunehmen. Das alles verlief bis zu einem gewissen Zeitpunkt normal. Meine Tante hatte sich daran gewöhnt, daß Franz den Vorbereitungen in der Adventszeit fernblieb, auch der eigentlichen Feier, und erst zum Essen erschien. Man sprach nicht einmal mehr darüber.

Auf die Gefahr hin, mich unbeliebt zu machen, muß ich hier eine Tatsache erwähnen, zu deren Verteidigung ich nur sagen kann, daß sie wirklich eine ist. In den Jahren 1939 bis 1945 hatten wir Krieg. Im Krieg wird gesungen, geschossen, geredet, gekämpft, gehungert und gestorben – und es werden Bomben geschmissen – lauter unerfreuliche Dinge, mit deren Erwähnung ich meine Zeitgenossen in keiner Weise langweilen will. Ich muß sie nur erwähnen, weil der Krieg Einfluß auf die Geschichte hatte, die ich erzählen will. Denn der Krieg wurde von meiner Tante Milla nur registriert als eine Macht, die schon Weihnachten 1939 anfing, ihren Weihnachtsbaum zu gefährden. Allerdings war ihr Weihnachtsbaum von einer besonderen Sensibilität.

Die Hauptattraktion am Weihnachtsbaum meiner Tante Milla waren gläserne Zwerge, die in ihren hocherhobenen Armen einen Korkhammer hielten und zu deren Füßen glockenförmige Ambosse hingen. Unter den Fußsohlen der Zwerge waren Kerzen befestigt, und wenn ein gewisser Wärmegrad erreicht war, geriet ein verborgener Mechanismus in Bewegung, eine hektische Unruhe teilte sich den Zwergenarmen mit, sie schlugen wie irr mit ihren Korkhämmern auf die glockenförmigen Ambosse und riefen so, ein Dutzend an der Zahl, ein konzertantes, elfenhaft feines Gebimmel hervor. Und an der Spitze des Tannenbaumes hing ein silbrig gekleideter rotwangiger Engel, der in bestimmten Abständen seine Lippen voneinander hob und »Frieden« flüsterte, »Frieden«. Das mechanische Geheimnis dieses Engels ist konsequent gehütet worden, mir später erst bekannt geworden, obwohl ich damals fast wöchentlich Gelegenheit hatte, ihn zu bewundern. Außerdem gab es am Tannenbaum meiner Tante natürlich Zuckerkringel, Gebäck, Engelhaar, Marzipanfiguren und – nicht zu vergessen – Lametta, und ich weiß noch, daß die sachgemäße Anbringung des vielfältigen Schmuckes erhebliche Mühe kostete, die Beteiligung aller erforderte und die ganze Familie am Weihnachtsabend vor Nervosität keinen Appetit hatte, die Stimmung dann – wie man so sagt – einfach gräßlich war, ausgenommen bei meinem Vetter Franz, der an diesen Vorbereitungen ja nicht teilgenommen hatte und sich als einziger Braten und Spargel, Sahne und Eis schmecken ließ. Kamen wir dann am zweiten Weihnachtstag zu Besuch und wagten die kühne Vermutung, das Geheimnis des sprechenden Engels beruhe auf dem gleichen Mechanismus, der gewisse Puppen veranlaßt, »Mama« oder »Papa« zu sagen, so ernteten wir nur höhnisches Gelächter.

Nun wird man sich denken können, daß in der Nähe fallende Bomben einen solch sensiblen Baum aufs höchste gefährdeten. Es kam zu schrecklichen Szenen, wenn die Zwerge vom Baum gefallen waren, einmal stürzte sogar der Engel. Meine Tante war untröstlich. Sie gab sich unendliche Mühe, nach jedem Luftangriff den Baum komplett wiederherzustellen, ihn wenigstens während der Weihnachtstage zu erhalten. Aber schon im Jahre 1940 war nicht mehr daran zu denken. Wieder auf die Gefahr hin, mich sehr unbeliebt zu machen, muß ich hier kurz erwähnen, daß die Zahl der Luftangriffe auf unsere Stadt tatsächlich erheblich war, von ihrer Heftigkeit ganz zu schweigen. Jedenfalls wurde der Weihnachtsbaum meiner Tante ein Opfer – von anderen Opfern zu sprechen, verbietet mir der rote Faden – der modernen Kriegführung; fremdländische Ballistiker löschten seine Existenz vorübergehend aus.

Wir alle hatten wirklich Mitleid mit unserer Tante, die eine reizende und liebenswürdige Frau war, außerdem schön. Es tat uns leid, daß sie nach harten Kämpfen, endlosen Disputen, nach Tränen und Szenen sich bereit erklären mußte, für Kriegsdauer auf ihren Baum zu verzichten.

Glücklicherweise – oder soll ich sagen unglücklicherweise? – war dies fast das einzige, was sie vom Krieg zu spüren bekam. – Der Bunker, den mein Onkel baute, war einfach bombensicher, außerdem stand jederzeit ein Wagen bereit, meine Tante Milla in Gegenden zu entführen, wo von der unmittelbaren Wirkung des Krieges nichts zu sehen war; es wurde alles getan, um ihr den Anblick der gräßlichen Zerstörungen zu ersparen. Meine beiden Vettern hatten das Glück, den Kriegsdienst nicht in seiner härtesten Form zu erleben. Johannes trat schnell in die Firma meines Onkels ein, die in der Gemüseversorgung unserer Stadt eine entscheidende Rolle spielte. Zudem war er gallenleidend. Franz hingegen wurde zwar Soldat, war aber nur mit der Bewachung von Gefangenen betraut, ein Posten, den er zur Gelegenheit nahm, sich auch bei seinen militärischen Vorgesetzten unbeliebt zu machen, indem er Russen und Polen wie Menschen behandelte. Meine Cousine Lucie war damals noch nicht verheiratet und half im Geschäft. Einen Nachmittag in der Woche half sie im freiwilligen Kriegsdienst in einer Hakenkreuzstickerei. Doch will ich hier nicht die politischen Sünden meiner Verwandten aufzählen.

Aufs Ganze gesehen jedenfalls, fehlte es weder an Geld noch an Nahrungsmitteln und jeglicher erforderlichen Sicherheit, und meine Tante empfand nur den Verzicht auf ihren Baum als bitter. Mein Onkel Franz, dieser herzensgute Mensch, hat sich fast fünfzig Jahre hindurch erhebliche Verdienste erworben, indem er in tropischen und subtropischen Ländern Apfelsinen und Zitronen aufkaufte und sie gegen einen entsprechenden Aufschlag weiter in den Handel gab. Im Kriege dehnte er sein Geschäft auch auf weniger wertvolles Obst und Gemüse aus. Aber nach dem Kriege kamen die erfreulichen Früchte, denen sein Hauptinteresse galt, als Zitrusfrüchte wieder auf und wurden Gegenstand des schärfsten Interesses aller Käuferschichten. Hier gelang es Onkel Franz, sich wieder maßgebend einzuschalten, und er brachte die Bevölkerung in den Genuß von Vitaminen und sich in den eines ansehnlichen Vermögens.

Aber er war fast siebzig, wollte sich nun zur Ruhe setzen, das Geschäft seinem Schwiegersohn übergeben. Da fand jenes Ereignis statt, das wir damals belächelten, das uns heute aber als Ursache der ganzen unseligen Entwicklung erscheint.

Meine Tante Milla fing wieder mit dem Weihnachtsbaum an. Das war an sich harmlos; sogar die Zähigkeit, mit der sie darauf bestand, daß alles »so sein sollte wie früher«, entlockte uns nur ein Lächeln. Zunächst bestand wirklich kein Grund, diese Sache allzu ernst zu nehmen. Zwar hatte der Krieg manches zerstört, das wiederherzustellen mehr Sorge bereitete, aber warum – so sagten wir uns – einer charmanten alten Dame diese kleine Freude nehmen?

Jedermann weiß, wie schwer es war, damals Butter und Speck zu bekommen. Aber sogar für meinen Onkel Franz, der über die besten Beziehungen verfügte, war die Beschaffung von Marzipanfiguren, Schokoladenkringeln und Kerzen im Jahre 1945 unmöglich. Erst im Jahre 1946 konnte alles bereitgestellt werden. Glücklicherweise war noch eine komplette Garnitur von Zwergen und Ambossen sowie ein Engel erhalten geblieben.

Ich entsinne mich des Tages noch gut, an dem wir eingeladen waren. Es war im Januar 47, Kälte herrschte draußen. Aber bei meinem Onkel war es warm, und es herrschte kein Mangel an Eßbarem. Und als die Lampen gelöscht, die Kerzen angezündet waren, als die Zwerge anfingen zu hämmern, der Engel »Frieden« flüsterte, »Frieden«, fühlte ich mich lebhaft zurückversetzt in eine Zeit, von der ich angenommen hatte, sie sei vorbei.

Immerhin, dieses Erlebnis war, wenn auch überraschend, so doch nicht außergewöhnlich. Außergewöhnlich war, was ich drei Monate später erlebte. Meine Mutter – es war Mitte März geworden – hatte mich hinübergeschickt, nachzuforschen, ob bei Onkel Franz »nichts zu machen« sei. Es ging ihr um Obst. Ich schlenderte in den benachbarten Stadtteil – die Luft war mild, es dämmerte. Ahnungslos schritt ich an bewachsenen Trümmerhalden und verwilderten Parks vorbei, öffnete das Tor zum Garten meines Onkels, als ich plötzlich bestürzt stehenblieb. In der Stille des Abends war sehr deutlich zu hören, daß im Wohnzimmer meines Onkels gesungen wurde. Singen ist eine gute deutsche Sitte, und es gibt viele Frühlingslieder – hier aber hörte ich deutlich:

»*Holder Knabe im lockigen Haar...*«

Ich muß gestehen, daß ich verwirrt war. Ich ging langsam näher, wartete das Ende des Liedes ab. Die Vorhänge waren zugezogen, ich beugte mich zum Schlüsselloch. In diesem Augenblick drang das Gebimmel der Zwergenglocken an mein Ohr, und ich hörte deutlich das Flüstern des Engels.

Ich hatte nicht den Mut, einzudringen, und ging langsam nach Hause zurück. In der Familie rief mein Bericht allgemeine Belustigung hervor. Aber erst als Franz auftauchte und Näheres berichtete, erfuhren wir, was geschehen war:

Um Mariä Lichtmeß herum, zu der Zeit also, wo man in unseren Landen die Christbäume plündert, sie dann auf den Kehricht wirft, wo sie von nichtsnutzigen Kindern aufgegriffen, durch Asche und sonstigen Unrat geschleift und zu mancherlei Spiel verwendet werden, um Lichtmeß herum war das Schreckliche geschehen. Als mein Vetter Johannes am Abend des Lichtmeßtages, nachdem ein letztes Mal der Baum gebrannt hatte, als Johannes begann, die Zwerge von den Klammern zu lösen, fing meine bis dahin so milde Tante jämmerlich zu schreien an, und zwar so heftig und plötzlich, daß mein Vetter erschrak, die Herrschaft über den leise schwankenden Baum verlor, und schon war es geschehen: es klirrte und klingelte, Zwerge und Glocken, Ambosse und der Spitzenengel, alles stürzte hinunter, und meine Tante schrie.

Sie schrie fast eine Woche lang. Neurologen wurden herbeitelegraphiert, Psychiater kamen in Taxen herangerast – aber alle, auch Kapazitäten, verließen achselzuckend, ein wenig erschreckt auch, das Haus.

Keiner hatte diesem unerfreulich schrillen Konzert ein Ende bereiten können. Nur die stärksten Mittel brachten einige Stunden Ruhe, doch ist die Dosis Luminal, die man einer Sechzigjährigen täglich verabreichen kann, ohne ihr Leben zu gefährden, leider gering. Es ist aber eine Qual, eine aus allen Leibeskräften schreiende Frau im Hause zu haben: schon am zweiten Tage befand sich die Familie in völliger Auflösung. Auch der Zuspruch des Priesters, der am Heiligen Abend der Feier beizuwohnen pflegte, blieb vergeblich: meine Tante schrie.

Franz machte sich besonders unbeliebt, weil er riet, einen regelrechten Exorzismus anzuwenden. Der Pfarrer schalt ihn, die Familie war bestürzt über seine mittelalterlichen Anschauungen, der Ruf seiner Brutalität überwog für einige Wochen seinen Ruf als Faustkämpfer.

Inzwischen wurde alles versucht, meine Tante aus ihrem Zustand zu erlösen. Sie verweigerte die Nahrung, sprach nicht, schlief nicht; man wandte kaltes Wasser an, heißes, Fußbäder, Wechselbäder, die Ärzte schlugen in Lexika nach, suchten nach dem Namen dieses Komplexes, fanden ihn nicht. Und meine Tante schrie. Sie schrie so lange, bis mein Onkel Franz – dieser wirklich herzensgute Mensch – auf die Idee kam, einen neuen Tannenbaum aufzustellen.

3

Die Idee war ausgezeichnet, aber sie auszuführen erwies sich als äußerst schwierig. Es war fast Mitte Februar geworden, und es ist verhältnismäßig schwer, um diese Zeit einen diskutablen Tannenbaum auf dem Markt zu finden. Die gesamte Geschäftswelt hat sich längst – mit erfreulicher Schnelligkeit übrigens – auf andere Dinge eingestellt. Karneval ist nahe: Masken und Pistolen, Cowboyhüte und verrückte Kopfbedeckungen für Czardasfürstinnen füllen die Schaufenster, in denen man sonst Engel und Engelhaar, Kerzen und Krippen hat bewundern können. Die Zuckerwarenläden haben längst den Weihnachtskrempel in ihre Lager zurücksortiert, während Knallbonbons nun ihre Fenster zieren. Jedenfalls, Tannenbäume gibt es um diese Zeit auf dem regulären Markt nicht.

Es wurde schließlich eine Expedition raublustiger Enkel mit Taschengeld und einem scharfen Beil ausgerüstet: sie fuhren in den Staatsforst und kamen gegen Abend, offenbar in bester Stimmung, mit einer Edeltanne zurück. Aber inzwischen war festgestellt worden, daß vier Zwerge, sechs glockenförmige Ambosse und der Spitzenengel völlig zerstört waren. Die Marzipanfiguren und das Gebäck waren raublustigen Enkeln zum Opfer gefallen. Auch diese Generation, die dort heranwächst, taugt nichts, und wenn je eine Generation etwas getaugt hat – ich zweifle daran –, so komme ich doch zu der Überzeugung, daß es die Generation unserer Väter war.

Obwohl es an Barmitteln, auch an den nötigen Beziehungen nicht fehlte, dauerte es weitere vier Tage, bis die Ausrüstung komplett war. Währenddessen schrie meine Tante ununterbrochen. Telegramme an die deutschen Spielzeugzentren, die gerade im Aufbau begriffen waren, wurden durch den Äther gejagt, Blitzgespräche geführt, von jungen erhitzten Postgehilfen wurden in der Nacht Expreßpakete angebracht, durch Bestechung wurde kurzfristig eine Einfuhrgenehmigung aus der Tschechoslowakei durchgesetzt.

Diese Tage werden in der Chronik der Familie meines Onkels als Tage mit außerordentlich hohem Verbrauch an Kaffee, Zigaretten und Nerven erhalten bleiben. Inzwischen fiel meine Tante zusammen: ihr rundliches Gesicht wurde hart und eckig, der Ausdruck der Milde wich dem einer unnachgiebigen Strenge, sie aß nicht, trank nicht, schrie dauernd, wurde von zwei Krankenschwestern bewacht, und die Dosis Luminal mußte täglich erhöht werden.

Franz erzählte uns, daß in der ganzen Familie eine krankhafte Spannung geherrscht habe, als endlich am

12. Februar die Tannenbaumausrüstung wieder vollständig war. Die Kerzen wurden entzündet, die Vorhänge zugezogen, meine Tante wurde aus dem Krankenzimmer herübergebracht, und man hörte unter den Versammelten nur Schluchzen und Kichern. Der Gesichtsausdruck meiner Tante milderte sich schon im Schein der Kerzen, und als deren Wärme den richtigen Grad erreicht hatte, die Glasburschen wie irr zu hämmern anfingen, schließlich auch der Engel »Frieden« flüsterte, »Frieden«, ging ein wunderschönes Lächeln über ihr Gesicht, und kurz darauf stimmte die ganze Familie das Lied ›O Tannenbaum‹ an. Um das Bild zu vervollständigen, hatte man auch den Pfarrer eingeladen, der ja üblicherweise den Heiligen Abend bei Onkel Franz zu verbringen pflegte; auch er lächelte, auch er war erleichtert und sang mit.

Was kein Test, kein tiefenpsychologisches Gutachten, kein fachmännisches Aufspüren verborgener Traumata vermocht hatte: das fühlende Herz meines Onkels hatte das Richtige getroffen. Die Tannenbaumtherapie dieses herzensguten Menschen hatte die Situation gerettet.

Meine Tante war beruhigt und fast – so hoffte man damals – geheilt, und nachdem man einige Lieder gesungen, einige Schüsseln Gebäck geleert hatte, war man müde und zog sich zurück, und siehe da: meine Tante schlief ohne jedes Beruhigungsmittel. Die beiden Krankenschwestern wurden entlassen, die Ärzte zuckten die Schultern, und alles schien in Ordnung zu sein. Meine Tante aß wieder, trank wieder, war wieder liebenswürdig und milde.

Aber am Abend darauf, als die Dämmerstunde nahte, saß mein Onkel zeitunglesend neben seiner Frau unter dem Baum, als diese plötzlich sanft seinen Arm berührte und zu ihm sagte: »So wollen wir denn die Kinder zur Feier rufen, ich glaube, es ist Zeit.« Mein Onkel gestand uns später, daß er erschrak, aber aufstand, um in aller Eile seine Kinder und Enkel zusammenzurufen und einen Boten zum Pfarrer zu schicken. Der Pfarrer erschien, etwas abgehetzt und erstaunt, aber man zündete die Kerzen an, ließ die Zwerge hämmern, den Engel flüstern, man sang, aß Gebäck – und alles schien in Ordnung zu sein.

4

Nun ist die gesamte Vegetation gewissen biologischen Gesetzen unterworfen, und Tannenbäume, dem Mutterboden entrissen, haben bekanntlich die verheerende Neigung, Nadeln zu verlieren, besonders, wenn sie in warmen Räumen stehen, und bei meinem Onkel war es warm. Die Lebensdauer der Edeltanne ist etwas länger als die der gewöhnlichen, wie die bekannte Arbeit ›Abies vulgaris und abies nobilis‹ von Dr. Hergenring ja bewiesen hat. Doch auch die Lebensdauer der Edeltanne ist nicht unbeschränkt. Schon als Karneval nahte, zeigte es sich, daß man versuchen mußte, meiner Tante neuen Schmerz zu bereiten: der Baum verlor rapide an Nadeln, und beim abendlichen Singen der Lieder wurde ein leichtes Stirnrunzeln bei meiner Tante bemerkt. Auf Anraten eines wirklich hervorragenden Psychologen wurde nun der Versuch unternommen, in leichtem Plauderton von einem möglichen Ende der Weihnachtszeit zu sprechen, zumal die Bäume schon angefangen hatten, auszuschlagen, was ja allgemein als ein Zeichen des herannahenden Frühlings gilt, während man in unseren Breiten mit dem Wort Weihnachten unbedingt winterliche Vorstellungen verbindet. Mein sehr geschickter Onkel schlug eines Abends vor, die Lieder ›Alle Vögel sind schon da‹ und ›Komm, lieber Mai, und mache‹ anzustimmen, doch schon beim ersten Vers des erstgenannten Liedes machte meine Tante ein derart finsteres Gesicht, daß man sofort abbrach und ›O Tannenbaum‹ intonierte. Drei Tage später wurde mein Vetter Johannes beauftragt, einen milden Plünderungszug zu unternehmen, aber schon, als er seine Hände ausstreckte und einem der Zwerge den Korkhammer nahm, brach meine Tante in so heftiges Geschrei aus, daß man den Zwerg sofort wieder komplettierte, die Kerzen anzündete und etwas hastig, aber sehr laut in das Lied ›Stille Nacht‹ ausbrach.

Aber die Nächte waren nicht mehr still; singende Gruppen jugendlicher Trunkenbolde durchzogen die Stadt mit Trompeten und Trommeln, alles war mit Luftschlangen und Konfetti bedeckt, maskierte Kinder bevölkerten tagsüber die Straßen, schossen, schrien, manche sangen auch, und einer privaten Statistik zufolge gab es mindestens sechzigtausend Cowboys und vierzigtausend Czardasfürstinnen in unserer Stadt: kurzum, es war Karneval, ein Fest, das man bei uns mit ebensolcher, fast mit mehr Heftigkeit zu feiern gewohnt ist als Weihnachten. Aber meine Tante schien blind und taub zu sein: sie bemängelte karnevalistische Kleidungsstücke, wie sie um diese Zeit in den Garderoben unserer Häuser unvermeidlich sind; mit trauriger Stimme beklagte sie das Sinken der Moral, da man nicht einmal an den Weihnachtstagen in der Lage sei, von diesem unsittlichen Treiben zu lassen, und als sie im Schlafzimmer meiner Cousine einen Luftballon entdeckte, der zwar eingefallen war, aber noch deutlich einen mit weißer Farbe aufgemalten Narrenhut zeigte, brach sie in Tränen aus und bat meinen Onkel, diesem unheiligen Treiben Einhalt zu gebieten.

Mit Schrecken mußte man feststellen, daß meine Tante sich wirklich in dem Wahn befand, es sei »Heiliger Abend«. Mein Onkel berief jedenfalls eine Familienversammlung ein, bat um Schonung für seine Frau, Rücksichtnahme auf ihren merkwürdigen Geisteszustand, und rüstete zunächst wieder eine Expedition aus, um wenigstens den Frieden des abendlichen Festes garantiert zu wissen.

Während meine Tante schlief, wurde der Schmuck vom alten Baum ab- und auf den neuen montiert, und ihr Zustand blieb erfreulich.

5

Aber auch der Karneval ging vorüber, der Frühling kam wirklich, statt des Liedes ›Komm, lieber Mai‹ hätte man schon singen können »Lieber Mai, du bist gekommen«. Es wurde Juni. Vier Tannenbäume waren schon verschlissen, und keiner der neuerlich zugezogenen Ärzte konnte Hoffnung auf Besserung geben. Meine Tante blieb fest. Sogar der als internationale Kapazität bekannte Dr. Bless hatte sich achselzuckend wieder in sein Studierzimmer zurückgezogen, nachdem er als Honorar die Summe von 1365 Mark kassiert hatte, womit er zum wiederholten Male seine Weltfremdheit bewies. Einige weitere sehr vage Versuche, die Feier abzubrechen oder ausfallen zu lassen, wurden mit solchem Geschrei von seiten meiner Tante quittiert, daß man von derlei Sakrilegien endgültig Abstand nehmen mußte.

Das Schreckliche war, daß meine Tante darauf bestand, alle ihr nahestehenden Personen müßten anwesend sein. Zu diesen gehörten auch der Pfarrer und die Enkelkinder. Selbst die Familienmitglieder waren nur mit äußerster Strenge zu veranlassen, pünktlich zu erscheinen, aber mit dem Pfarrer wurde es schwierig. Einige Wochen hielt er zwar ohne Murren mit Rücksicht auf seine alte Pönitentin durch, aber dann versuchte er unter verlegenem Räuspern, meinem Onkel klarzumachen, daß es so nicht weiterging. Die eigentliche Feier war zwar kurz – sie dauerte etwa achtunddreißig Minuten –, aber selbst diese kurze Zeremonie sei auf die Dauer nicht durchzuhalten, behauptete der Pfarrer. Er habe andere Verpflichtungen, abendliche Zusammenkünfte mit seinen Konfratres, seelsorgerische Aufgaben, ganz zu schweigen vom samstäglichen Beichthören. Immerhin hatte er einige Wochen Terminverschiebungen in Kauf genommen, aber gegen Ende Juni fing er an, energisch Befreiung zu erheischen. Franz wütete in der Familie herum, suchte Komplizen für seinen Plan, die

Mutter in eine Anstalt zu bringen, stieß aber überall auf Ablehnung.

Jedenfalls: es machten sich Schwierigkeiten bemerkbar. Eines Abends fehlte der Pfarrer, war weder telefonisch noch durch einen Boten aufzutreiben, und es wurde klar, daß er sich einfach gedrückt hatte. Mein Onkel fluchte fürchterlich, er nahm dieses Ereignis zum Anlaß, die Diener der Kirche mit Worten zu bezeichnen, die zu wiederholen ich mich weigern muß. In alleräußerster Not wurde einer der Kapläne, ein Mensch einfacher Herkunft, gebeten, auszuhelfen. Er tat es, benahm sich aber so fürchterlich, daß es fast zur Katastrophe gekommen wäre. Immerhin, man muß bedenken, es war Juni, also heiß, trotzdem waren die Vorhänge zugezogen, um winterliche Dunkelheit wenigstens vorzutäuschen, außerdem brannten Kerzen. Dann ging die Feier los; der Kaplan hatte zwar von diesem merkwürdigen Ereignis schon gehört, aber keine rechte Vorstellung davon. Zitternd stellte man meiner Tante den Kaplan vor, er vertrete den Pfarrer. Unerwarteterweise nahm sie die Veränderung des Programms hin. Also: Die Zwerge hämmerten, der Engel flüsterte, es wurde ›O Tannenbaum‹ gesungen, dann aß man Gebäck, sang noch einmal das Lied, und plötzlich bekam der Kaplan einen Lachkrampf. Später hat er gestanden, die Stelle »... nein, auch im Winter, wenn es schneit« habe er einfach nicht ohne zu lachen ertragen können. Er plusterte mit klerikaler Albernheit los, verließ das Zimmer und ward nicht mehr gesehen. Alles blickte gespannt auf meine Tante, doch die sagte nur resigniert etwas vom »Proleten im Priestergewande« und schob sich ein Stück Marzipan in den Mund. Auch wir erfuhren damals von diesem Vorfall mit Bedauern – doch bin ich heute geneigt, ihn als einen Ausbruch natürlicher Heiterkeit zu bezeichnen.

Ich muß hier – wenn ich der Wahrheit die Ehre lassen will – einflechten, daß mein Onkel seine Beziehungen zu den höchsten Verwaltungsstellen der Kirche ausgenutzt hat, um sich sowohl über den Pfarrer wie den Kaplan zu beschweren. Die Sache wurde mit äußerster Korrektheit angefaßt, ein Prozeß wegen Vernachlässigung seelsorgerischer Pflichten wurde angestrengt, der in erster Instanz von den beiden Geistlichen gewonnen wurde. Ein zweites Verfahren schwebt noch.

Zum Glück fand man einen pensionierten Prälaten, der in der Nachbarschaft wohnte. Dieser reizende alte Herr erklärte sich mit liebenswürdiger Selbstverständlichkeit bereit, sich zur Verfügung zu halten und täglich die abendliche Feier zu vervollständigen. Doch ich habe vorgegriffen. Mein Onkel Franz, der nüchtern genug war, zu erkennen, daß keinerlei ärztliche Hilfe zum Ziel gelangen würde, sich auch hartnäckig weigerte, einen Exorzismus zu versuchen, war Geschäftsmann genug, sich nun auf Dauer einzustellen und die wirtschaftlichste Art herauszukalkulieren. Zunächst wurden schon Mitte Juni die Enkelexpeditionen eingestellt, weil sich herausstellte, daß sie zu teuer wurden. Mein findiger Vetter Johannes, der zu allen Kreisen der Geschäftswelt die besten Beziehungen unterhält, spürte den Tannenbaum-Frischdienst der Firma Söderbaum auf, eines leistungsfähigen Unternehmens, das sich nun schon fast zwei Jahre um die Nerven meiner Verwandtschaft hohe Verdienste erworben hat. Nach einem halben Jahr schon wandelte die Firma Söderbaum die Lieferung des Baumes in ein wesentlich verbilligtes Abonnement um und erklärte sich bereit, die Lieferfrist von ihrem Nadelbaumspezialisten, Dr. Alfast, genauestens festlegen zu lassen, so daß schon drei Tage bevor der alte Baum indiskutabel wird, der neue anlangt und mit Muße geschmückt werden kann. Außerdem werden vorsichtshalber zwei Dutzend Zwerge auf Lager gehalten, und drei Spitzenengel sind in Reserve gelegt.

Ein wunder Punkt sind bis heute die Süßigkeiten geblieben. Sie zeigen die verheerende Neigung, vom Baume schmelzend herunterzutropfen, schneller und endgültiger als schmelzendes Wachs. Jedenfalls in den Sommermonaten. Jeder Versuch, sie durch geschickt getarnte Kühlvorrichtungen in weihnachtlicher Starre zu erhalten, ist bisher gescheitert, ebenso eine Versuchsreihe, die begonnen wurde, um die Möglichkeiten der Präparierung eines Baumes zu prüfen. Doch ist die Familie für jeden fortschrittlichen Vorschlag, der geeignet ist, dieses stetige Fest zu verbilligen, dankbar und aufgeschlossen.

6

Inzwischen haben die abendlichen Feiern im Hause meines Onkels eine fast professionelle Starre angenommen: man versammelt sich unter dem Baum oder um den Baum herum. Meine Tante kommt herein, man entzündet die Kerzen, die Zwerge beginnen zu hämmern, und der Engel flüstert »Frieden, Frieden«, dann singt man einige Lieder, knabbert Gebäck, plaudert ein wenig und zieht sich gähnend mit dem Glückwunsch »Frohes Fest auch« zurück – und die Jugend gibt sich den jahreszeitlich bedingten Vergnügungen hin, während mein herzensguter Onkel Franz mit Tante Milla zu Bett geht. Kerzenrauch bleibt im Raum, der sanfte Geruch erhitzter Tannenzweige und das Aroma von Spezereien. Die Zwerge, ein wenig phosphoreszierend, bleiben starr in der Dunkelheit stehen, die Arme bedrohlich erhoben, und der Engel läßt sein silbriges, offenbar ebenfalls phosphoreszierendes Gewand sehen.

Es erübrigt sich vielleicht, festzustellen, daß die Freude am wirklichen Weihnachtsfest in unserer gesamten Verwandtschaft erhebliche Einbuße erlitten hat: wir können, wenn wir wollen, bei unserem Onkel jederzeit einen klassischen Weihnachtsbaum bewundern – und es geschieht oft, wenn wir sommers auf der Veranda sitzen und uns nach des Tages Last und Müh Onkels milde Apfelsinenbowle in die Kehle gießen, daß von drinnen der sanfte Klang gläserner Glocken kommt, und man kann im Dämmer die Zwerge wie flinke kleine Teufelchen herumhämmern sehen, während der Engel »Frieden« flüstert, »Frieden«. Und immer noch kommt es uns befremdlich vor, wenn mein Onkel mitten im Sommer seinen Kindern plötzlich zuruft: »Macht bitte den Baum an, Mutter kommt gleich.« Dann tritt, meist pünktlich, der Prälat ein, ein milder alter Herr, den wir alle in unser Herz geschlossen haben, weil er seine Rolle vorzüglich spielt, wenn er überhaupt weiß, daß er eine und welche er spielt. Aber gleichgültig: er spielt sie, weißhaarig, lächelnd, und der violette Rand unterhalb seines Kragens gibt seiner Erscheinung den letzten Hauch von Vornehmheit. Und es ist ein ungewöhnliches Erlebnis, in lauen Sommernächten den erregten Ruf zu hören: »Das Löschhorn, schnell wo ist das Löschhorn?« Es ist schon vorgekommen, daß während eines heftigen Gewitters die Zwerge sich plötzlich bewogen fühlten, ohne Hitzeeinwirkung die Arme zu erheben und sie wild zu schwingen, gleichsam ein Extrakonzert zu geben, eine Tatsache, die man ziemlich phantasielos mit dem trockenen Wort Elektrizität zu deuten versuchte.

Eine nicht ganz unwesentliche Seite dieses Arrangements ist die finanzielle. Wenn auch in unserer Familie im allgemeinen kein Mangel an Barmitteln herrscht, solch außergewöhnliche Ausgaben stürzen die Kalkulation um. Denn trotz aller Vorsicht ist natürlich der Verschleiß an Zwergen, Ambossen und Hämmern enorm, und der sensible Mechanismus, der den Engel zu einem sprechenden macht, bedarf der stetigen Sorgfalt und Pflege und muß hin und wieder erneuert werden. Ich habe das Geheimnis übrigens inzwischen entdeckt: der Engel ist durch ein Kabel mit einem Mikrophon im Nebenzimmer verbunden, vor dessen Metallschnauze sich eine ständig rotierende Schallplatte befindet, die, mit gewissen Pausen dazwischen, »Frieden« flüstert, »Frieden«. Alle diese Dinge sind um so kostspieliger, als sie für den Gebrauch an nur wenigen Tagen des Jahres erdacht sind, nun aber das ganze Jahr strapaziert werden. Ich war erstaunt, als mein Onkel mir eines Tages erklärte, daß die Zwerge tatsächlich alle drei Monate erneuert werden müssen und daß ein kompletter Satz nicht weniger als 128 Mark kostet. Er habe einen befreundeten Ingenieur gebeten, sie durch einen Kautschuküberzug zu verstärken, ohne jedoch ihre Klangschönheit zu beeinträchtigen. Dieser Versuch ist gescheitert. Der Verbrauch an Kerzen, Spekulatius, Marzipan, das Baumabonnement, Arztrechnungen und die vierteljährliche Aufmerksamkeit, die man dem Prälaten zukommen lassen muß, alles zusammen, sagte mein Onkel, komme ihm täglich im Durchschnitt auf elf Mark, ganz zu schweigen von dem Verschleiß an Nerven und von sonstigen gesundheitlichen Störungen, die damals anfingen, sich bemerkbar zu machen. Doch war das im Herbst, und man schrieb die Störungen einer gewissen herbstlichen Sensibilität zu, wie sie ja allgemein beobachtet wird.

7

Das wirkliche Weihnachtsfest verlief ganz normal. Es ging etwas wie ein Aufatmen durch die Familie meines Onkels, da man auch andere Familien nun unter Weihnachtsbäumen versammelt sah, andere auch singen und Spekulatius essen mußten. Aber die Erleichterung dauerte nur so lange an, wie die weihnachtliche Zeit dauerte. Schon Mitte Januar brach bei meiner Cousine Lucie ein merkwürdiges Leiden aus: beim Anblick der Tannenbäume, die auf den Straßen und Trümmerhaufen herumlagen, brach sie in ein hysterisches Geschluchze aus. Dann hatte sie einen regelrechten Anfall von Wahnsinn, den man als Nervenzusammenbruch zu kaschieren versuchte. Sie schlug einer Freundin, bei der sie zum Kaffeeklatsch war, die Schüssel aus der Hand, als diese ihr milde lächelnd Spekulatius anbot. Meine Cousine ist allerdings das, was man eine temperamentvolle Frau nennt; sie schlug also ihrer Freundin die Schüssel aus der Hand, nahte sich dann deren Weihnachtsbaum, riß ihn vom Ständer und trampelte auf Glaskugeln, künstlichen Pilzen, Kerzen und Sternen herum, während ein anhaltendes Gebrüll ihrem Munde entströmte. Die versammelten Damen entflohen, einschließlich der Hausfrau, man ließ Lucie toben, wartete in der Diele auf den Arzt, gezwungen, zuzuhören, wie drinnen Porzellan zerschlagen wurde. Es fällt mir schwer, aber ich muß hier berichten, daß Lucie in einer Zwangsjacke abtransportiert wurde.

Anhaltende hypnotische Behandlung brachte das Leiden zwar zum Stillstand, aber die eigentliche Heilung ging nur sehr langsam vor sich. Vor allem schien ihr die Befreiung von der abendlichen Feier, die der Arzt erzwang, zusehends wohl zu tun; nach einigen Tagen schon begann sie aufzublühen. Schon nach zehn Tagen konnte der Arzt riskieren, mit ihr über Spekulatius wenigstens zu reden, ihn zu essen, weigerte sie sich jedoch hartnäckig. Dem Arzt kam dann die geniale Idee, sie mit sauren Gurken zu füttern, ihr Salate und kräftige Fleischspeisen anzubieten. Das war wirklich die Rettung für die arme Lucie. Sie lachte wieder, und sie begann die endlosen therapeutischen Unterredungen, die ihr Arzt mit ihr pflegte, mit ironischen Bemerkungen zu würzen.

Zwar war die Lücke, die durch ihr Fehlen bei der abendlichen Feier entstand, schmerzlich für meine Tante, wurde aber durch einen Umstand erklärt, der für alle Frauen als hinlängliche Entschuldigung gelten kann, durch Schwangerschaft.

Aber Lucie hatte das geschaffen, was man einen Präzedenzfall nennt: sie hatte bewiesen, daß die Tante zwar litt, wenn jemand fehlte, aber nicht sofort zu schreien begann, und mein Vetter Johannes und sein Schwager Karl versuchten nun, die strenge Disziplin zu durchbrechen, indem sie Krankheit vorschützten, geschäftliche Verhinderung oder andere, recht durchsichtige Gründe angaben. Doch blieb mein Onkel hier erstaunlich hart: mit eiserner Strenge setzte er durch, daß nur in Ausnahmefällen Atteste eingereicht, sehr kurze Beurlaubungen beantragt werden konnten. Denn meine Tante merkte jede weitere Lücke sofort und brach in stilles, aber anhaltendes Weinen aus, was zu den bittersten Bedenken Anlaß gab.

Nach vier Wochen kehrte auch Lucie zurück und erklärte sich bereit, an der täglichen Zeremonie wieder teilzunehmen, doch hat ihr Arzt durchgesetzt, daß für sie ein Glas Gurken und ein Teller mit kräftigen Butterbroten bereitgehalten wird, da sich ihr Spekulatiustrauma als unheilbar erwies. So waren eine Zeitlang durch meinen Onkel alle Disziplinschwierigkeiten aufgehoben, der hier eine unerwartete Härte bewies.

8

Schon kurz nach dem ersten Jahrestag der ständigen Weihnachtsfeier gingen beunruhigende Gerüchte um: mein Vetter Johannes sollte sich von einem befreundeten Arzt ein Gutachten haben ausstellen lassen, auf wie lange wohl die Lebenszeit meiner Tante noch zu bemessen wäre, ein wahrhaft finsteres Gerücht, das ein bedenkliches Licht auf eine allabendlich friedlich versammelte Familie wirft. Das Gutachten soll vernichtend für Johannes gewesen sein. Sämtliche Organe meiner Tante, die zeitlebens sehr solide war, sind völlig intakt, die Lebensdauer ihres Vaters hat achtundsiebzig, die ihrer Mutter sechsundachtzig Jahre betragen. Meine Tante selbst ist zweiundsechzig, und so besteht kein Grund, ihr ein baldiges seliges Ende zu prophezeien. Noch weniger, so finde ich, es ihr zu wünschen. Als meine Tante dann mitten im Sommer einmal erkrankte – Erbrechen und Durchfall suchten diese arme Frau heim –, wurde gemunkelt, sie sei vergiftet worden, aber ich erkläre hier ausdrücklich, daß dieses Gerücht einfach eine Erfindung übelmeinender Verwandter ist. Es ist eindeutig erwiesen, daß es sich um eine Infektion handelte, die von einem Enkel eingeschleppt wurde. Analysen, die mit den Exkrementen meiner Tante vorgenommen wurden, ergaben aber auch nicht die geringste Spur von Gift.

Im gleichen Sommer zeigten sich bei Johannes die ersten gesellschaftsfeindlichen Bestrebungen: er trat aus seinem Gesangverein aus, erklärte, auch schriftlich, daß er an der Pflege des Deutschen Liedes nicht mehr teilzunehmen gedenke. Allerdings, ich darf hier einflechten, daß er immer, trotz des akademischen Grades, den er errang, ein ungebildeter Mensch war. Für die »Virhymnia« war es ein großer Verlust, auf seinen Baß verzichten zu müssen.

Mein Schwager Karl fing an, sich heimlich mit Auswanderungsbüros in Verbindung zu setzen. Das Land seiner Träume mußte besondere Eigenschaften haben: es durften dort keine Tannenbäume gedeihen, deren Import mußte verboten oder durch hohe Zölle unmöglich gemacht sein; außerdem – das seiner Frau wegen – mußte dort das Geheimnis der Spekulatiusherstellung unbekannt und das Singen von Weihnachtsliedern einem Verbot unterliegen. Karl erklärte sich bereit, harte körperliche Arbeit auf sich zu nehmen.

Inzwischen sind seine Versuche vom Fluche der Heimlichkeit befreit, weil sich auch in meinem Onkel eine vollkommene und sehr plötzliche Wandlung vollzogen hat. Diese geschah auf so unerfreulicher Ebene, daß wir wirklich Grund hatten, zu erschrecken. Dieser biedere Mensch, von dem ich nur sagen kann, daß er ebenso hartnäckig wie herzensgut ist, wurde auf Wegen beobachtet, die einfach unsittlich sind, es auch bleiben werden, solange die Welt besteht. Es sind von ihm Dinge bekanntgeworden, auch durch Zeugen belegt, auf die nur das Wort Ehebruch angewandt werden kann. Und das Schrecklichste ist, er leugnet es schon nicht mehr, sondern stellt für sich den Anspruch, in Verhältnissen und Bedingungen zu leben, die moralische Sondergesetze berechtigt erscheinen lassen müßten. Ungeschickterweise wurde diese plötzliche Wandlung gerade zu dem Zeitpunkt offenbar, wo der zweite Termin gegen die beiden Geistlichen seiner Pfarre fällig geworden war. Onkel Franz muß als Zeuge, als verkappter Kläger einen solch minderwertigen Eindruck gemacht haben, daß es ihm allein zuzuschreiben ist, wenn auch der zweite Termin günstig für die beiden Geistlichen auslief. Aber das alles ist Onkel Franz inzwischen gleichgültig geworden: bei ihm ist der Verfall komplett, schon vollzogen.

Er war auch der erste, der die gräßliche Idee hatte, sich von einem Schauspieler bei der abendlichen Feier vertreten zu lassen. Er hatte einen arbeitslosen Bonvivant aufgetrieben, der ihn vierzehn Tage lang so vorzüglich nachahmte, daß nicht einmal seine Frau die ausgewechselte Identität bemerkte. Auch seine Kinder bemerkten es nicht. Es war einer der Enkel, der während einer kleinen Singpause plötzlich in den Ruf ausbrach: »Opa hat Ringelsocken an«, wobei er triumphierend das Hosenbein des Bonvivants hochhob. Für den armen Künstler muß diese Szene schrecklich gewesen sein, auch die Familie war bestürzt, und um Unheil zu vermeiden, stimmte man, wie so oft schon in peinlichen Situationen, schnell ein Lied an. Nachdem die Tante zu Bett gegangen, war die Identität des Künstlers schnell festgestellt. Es war das Signal zum fast völligen Zusammenbruch.

9

Immerhin: man muß bedenken, eineinhalb Jahre ist eine lange Zeit, und der Hochsommer war wieder gekommen, eine Jahreszeit, in der meinen Verwandten die Teilnahme an diesem Spiel am schwersten fällt. Lustlos knabbern sie in dieser Hitze an Printen und Pfeffernüssen, lächeln starr vor sich hin, während sie ausgetrocknete Nüsse knacken, sie hören den unermüdlich hämmernden Zwergen zu und zucken zusammen, wenn der rotwangige Engel über ihre Köpfe hinweg »Frieden« flüstert, »Frieden«, aber sie harren aus, während ihnen trotz sommerlicher Kleidung der

Schweiß über Hals und Wangen läuft und ihnen die Hemden festkleben. Vielmehr: Sie haben ausgeharrt.

Geld spielt vorläufig noch keine Rolle – fast im Gegenteil. Man beginnt sich zuzuflüstern, daß Onkel Franz nun auch geschäftlich zu Methoden gegriffen hat, die die Bezeichnung »christlicher Kaufmann« kaum noch zulassen. Er ist entschlossen, keine wesentliche Schwächung des Vermögens zuzulassen, eine Versicherung, die uns zugleich beruhigt und erschreckt.

Nach der Entlarvung des Bonvivants kam es zu einer regelrechten Meuterei, deren Folge ein Kompromiß war: Onkel Franz hat sich bereit erklärt, die Kosten für ein kleines Ensemble zu übernehmen, das ihn, Johannes, meinen Schwager Karl und Lucie ersetzt, und es ist ein Abkommen getroffen worden, daß immer einer von den vieren im Original an der abendlichen Feier teilzunehmen hat, damit die Kinder in Schach gehalten werden. Der Prälat hat bisher nichts von diesem Betrug gemerkt, den man keineswegs mit dem Adjektiv fromm wird belegen können. Abgesehen von meiner Tante und den Kindern ist er die einzige originale Figur bei diesem Spiel.

Es ist ein genauer Plan aufgestellt worden, der in unserer Verwandtschaft Spielplan genannt wird, und durch die Tatsache, daß einer immer wirklich teilnimmt, ist auch für die Schauspieler eine gewisse Vakanz gewährleistet. Inzwischen hat man auch gemerkt, daß diese sich nicht ungern zu der Feier hergeben, sich gerne zusätzlich etwas Geld verdienen, und man hat mit Erfolg die Gage gedrückt, da ja glücklicherweise an arbeitslosen Schauspielern kein Mangel herrscht. Karl hat mir erzählt, daß man hoffen könne, diesen »Posten« noch ganz erheblich herunterzusetzen, zumal ja den Schauspielern eine Mahlzeit geboten wird und die Kunst bekanntlich, wenn sie nach Brot geht, billiger wird.

Lucies verhängnisvolle Entwicklung habe ich schon ange-
deutet: sie treibt sich fast nur noch in Nachtlokalen herum,
und besonders an den Tagen, wo sie gezwungenermaßen
an der häuslichen Feier hat teilnehmen müssen, ist sie wie
toll. Sie trägt Kordhosen, bunte Pullover, läuft in Sandalen
herum und hat sich ihr prachtvolles Haar abgeschnitten,
um eine schmucklose Fransenfrisur zu tragen, von der ich
jetzt erfahre, daß sie unter dem Namen Pony schon einige
Male modern war. Obwohl ich offenkundige Unsittlich-
keit bei ihr bisher nicht beobachten konnte, nur eine gewisse Exaltation, die sie selbst als Existentialismus bezeichnet, trotzdem kann ich mich nicht entschließen, diese
Entwicklung erfreulich zu finden; ich liebe die milden
Frauen mehr, die sich sittsam im Takte des Walzers bewe-
gen, die angenehme Verse zu zitieren verstehen und deren
Nahrung nicht ausschließlich aus sauren Gurken und mit
Paprika überwürztem Gulasch besteht. Die Auswande-
rungspläne meines Schwagers Karl scheinen sich zu reali-
sieren: er hat ein Land entdeckt, nicht weit vom Äquator,
das seinen Bedingungen gerecht zu werden verspricht, und
Lucie ist begeistert: man trägt in diesem Lande Kleider,
die den ihren nicht unähnlich sind, man liebt dort die
scharfen Gewürze und tanzt nach Rhythmen, ohne die
nicht mehr leben zu können sie vorgibt. Es ist zwar ein
wenig schockierend, daß diese beiden dem Sprichwort
»Bleibe im Lande und nähre dich redlich« nicht zu folgen
gedenken, aber andererseits verstehe ich, daß sie die Flucht
ergreifen.

Schlimmer ist es mit Johannes. Leider hat sich das böse
Gerücht bewahrheitet: er ist Kommunist geworden. Er
hat alle Beziehungen zur Familie abgebrochen, kümmert
sich um nichts mehr und existiert bei den abendlichen Feiern nur noch in seinem Double. Seine Augen haben einen
fanatischen Ausdruck angenommen, derwischähnlich
produziert er sich in öffentlichen Veranstaltungen seiner

Partei, vernachlässigt seine Praxis und schreibt wütende Artikel in den entsprechenden Organen. Merkwürdigerweise trifft er sich jetzt häufiger mit Franz, der ihn und den er vergeblich zu bekehren versucht. Bei aller geistigen Entfremdung sind sie sich persönlich etwas nähergekommen.

Franz selbst habe ich lange nicht gesehen, nur von ihm gehört. Er soll von tiefer Schwermut befallen sein, hält sich in dämmrigen Kirchen auf, ich glaube, man kann seine Frömmigkeit getrost als übertrieben bezeichnen. Er fing an, seinen Beruf zu vernachlässigen, nachdem das Unheil über seine Familie gekommen war, und neulich sah ich an der Mauer eines zertrümmerten Hauses ein verblichenes Plakat mit der Aufschrift »Letzter Kampf unseres Altmeisters Lenz gegen Lecoq. Lenz hängt die Boxhandschuhe an den Nagel«. Das Plakat war vom März, und jetzt haben wir längst August. Franz soll sehr heruntergekommen sein. Ich glaube, er befindet sich in einem Zustand, der in unserer Familie bisher noch nicht vorgekommen ist: er ist arm. Zum Glück ist er ledig geblieben, die sozialen Folgen seiner unverantwortlichen Frömmigkeit treffen also nur ihn selbst. Mit erstaunlicher Hartnäckigkeit hat er versucht, einen Jugendschutz für die Kinder von Lucie zu erwirken, die er durch die abendlichen Feiern gefährdet glaubte. Aber seine Bemühungen sind ohne Erfolg geblieben; Gott sei Dank sind ja die Kinder begüterter Menschen nicht dem Zugriff sozialer Institutionen ausgesetzt.

Am wenigsten von der übrigen Verwandtschaft entfernt hat sich trotz mancher widerwärtiger Züge – Onkel Franz. Zwar hat er tatsächlich trotz seines hohen Alters eine Geliebte, auch sind seine geschäftlichen Praktiken von einer Art, die wir zwar bewundern, keinesfalls aber billigen können. Neuerdings hat er einen arbeitslosen Inspizienten aufgetan, der die abendliche Feier überwacht und sorgt, daß alles wie am Schnürchen läuft. Es läuft wirklich alles wie am Schnürchen.

Fast zwei Jahre sind inzwischen verstrichen: eine lange Zeit. Und ich konnte es mir nicht versagen, auf einem meiner abendlichen Spaziergänge einmal am Hause meines Onkels vorbeizugehen, in dem nun keine natürliche Gastlichkeit mehr möglich ist, seitdem fremdes Künstlervolk dort allabendlich herumläuft und die Familienmitglieder sich befremdenden Vergnügungen hingeben. Es war ein lauer Sommerabend, als ich dort vorbeikam, und schon als ich um die Ecke in die Kastanienallee einbog, hörte ich den Vers:

»weihnachtlich glänzet der Wald...«

Ein vorüberfahrender Lastwagen machte den Rest unhörbar, ich schlich mich langsam ans Haus und sah durch einen Spalt zwischen den Vorhängen ins Zimmer: Die Ähnlichkeit der anwesenden Mimen mit den Verwandten, die sie darstellten, war so erschreckend, daß ich im Augenblick nicht erkennen konnte, wer nun wirklich an diesem Abend die Aufsicht führte – so nennen sie es. Die Zwerge konnte ich nicht sehen, aber hören. Ihr zirpendes Gebimmel bewegt sich auf Wellenlängen, die durch alle Wände dringen. Das Flüstern des Engels war unhörbar. Meine Tante schien wirklich glücklich zu sein: sie plauderte mit dem Prälaten, und erst spät erkannte ich meinen Schwager als einzige, wenn man so sagen darf, reale Person. Ich erkannte ihn daran, wie er beim Auspusten des Streichholzes die Lippen spitzte. Es scheint doch unverwechselbare Züge der Individualität zu geben. Dabei kam mir der Gedanke, daß die Schauspieler offenbar auch mit Zigarren, Zigaretten und Wein traktiert werden – zudem gibt es ja jeden Abend Spargel. Wenn sie unverschämt sind – und welcher Künstler wäre das nicht? –, bedeutet dies eine erhebliche zusätzliche Verteuerung für meinen Onkel. Die Kinder spielten mit Puppen und hölzernen Wagen in einer

Zimmerecke: sie sahen blaß und müde aus. Tatsächlich, vielleicht müßte man auch an sie denken. Mir kam der Gedanke, daß man sie vielleicht durch Wachspuppen ersetzen könne, solcherart, wie sie in den Schaufenstern der Drogerien als Reklame für Milchpulver und Hautcreme Verwendung finden. Ich finde, die sehen doch recht natürlich aus.

Tatsächlich will ich die Verwandtschaft einmal auf die möglichen Auswirkungen dieser ungewöhnlichen täglichen Erregung auf die kindlichen Gemüter aufmerksam machen. Obwohl eine gewisse Disziplin ihnen ja nichts schadet, scheint man sie hier doch über Gebühr zu beanspruchen.

Ich verließ meinen Beobachtungsposten, als man drinnen anfing, ›Stille Nacht‹ zu singen. Ich konnte das Lied wirklich nicht ertragen. Die Luft ist so lau – und ich hatte einen Augenblick lang den Eindruck, einer Versammlung von Gespenstern beizuwohnen. Ein scharfer Appetit auf saure Gurken befiel mich ganz plötzlich und ließ mich leise ahnen, wie sehr Lucie gelitten haben muß.

12

Inzwischen ist es mir gelungen, durchzusetzen, daß die Kinder durch Wachspuppen ersetzt werden. Die Anschaffung war kostspielig – Onkel Franz scheute lange davor zurück –, aber es war nicht länger zu verantworten, die Kinder täglich mit Marzipan zu füttern und sie Lieder singen zu lassen, die ihnen auf die Dauer psychisch schaden können. Die Anschaffung der Puppen erwies sich als nützlich, weil Karl und Lucie wirklich auswanderten und auch Johannes seine Kinder aus dem Haushalt des Vaters zog. Zwischen großen Überseekisten stehend, habe ich mich von Karl, Lucie und den Kindern verabschiedet, sie erschienen mir glücklich, wenn auch etwas beunruhigt. Auch Johannes ist aus unserer Stadt weggezogen. Irgendwo ist er damit beschäftigt, einen Bezirk seiner Partei umzuorganisieren.

Onkel Franz ist lebensmüde. Mit klagender Stimme erzählte er mir neulich, daß man immer wieder vergißt, die Puppen abzustauben. Überhaupt machen ihm die Dienstboten Schwierigkeiten, und die Schauspieler scheinen zur Disziplinlosigkeit zu neigen. Sie trinken mehr, als ihnen zusteht, und einige sind dabei ertappt worden, daß sie sich Zigarren und Zigaretten einsteckten. Ich riet meinem Onkel, ihnen gefärbtes Wasser vorzusetzen und Pappezigarren anzuschaffen.

Die einzig Zuverlässigen sind meine Tante und der Prälat. Sie plaudern miteinander über die gute alte Zeit, kichern und scheinen recht vergnügt und unterbrechen ihr Gespräch nur, wenn ein Lied angestimmt wird.

Jedenfalls: Die Feier wird fortgesetzt.

Mein Vetter Franz hat eine merkwürdige Entwicklung genommen. Er ist als Laienbruder in ein Kloster der Umgebung aufgenommen worden. Als ich ihn zum erstenmal in der Kutte sah, war ich erschreckt: diese große Gestalt mit der zerschlagenen Nase und den dicken Lippen, sein schwermütiger Blick – er erinnerte mich mehr an einen Sträfling als an einen Mönch. Es schien fast, als habe er meine Gedanken erraten. »Wir sind mit dem Leben bestraft«, sagte er leise. Ich folgte ihm ins Sprechzimmer. Wir unterhielten uns stockend, und er war offenbar erleichtert, als die Glocke ihn zum Gebet in die Kirche rief. Ich blieb nachdenklich stehen, als er ging: er eilte sehr, und seine Eile schien aufrichtig zu sein.

Krippenfeier

Die großen Lampen brannten schon, als er dort ankam; sie bildeten einen Lichtschirm, der parallel zum Himmel stand und die Dunkelheit wie ein Gewölbe erscheinen ließ. Der große Tannenbaum in der Bahnhofshalle tropfte von Nässe, und von den kerzenförmigen Glühbirnen hingen ein paar schief, und einige schienen defekt zu sein. Die Halle war fast leer: eben packte eine Heilsarmee-Kapelle ihre Instrumente ein, und die Männer und Frauen mit ihren roten Mützenrändern klemmten die Noten unter den Arm und trotteten müde auf den Vorplatz hinaus. Der Mann an der Wurstbude sah Benz scharf an und rief: »Wurst, mein Herr, ganz heiße Wurst!«; er fixierte Benz so scharf, daß er sich losreißen mußte, um links herum nach unten zu schwenken, wo die Telefonzellen sind.

Plötzlich setzte im großen Lautsprecher die Musik ein: Beethoven, Neunte Symphonie; sie erfüllte für einen Augenblick fortissimo die Halle, dann schien jemand am Knopf zu drehen, und die Musik wurde sehr leise.

Unten, wo die Telefonzellen sind, war es muffig und lichtlos, und aus den Aborten in der Ecke strömte der beständige Geruch sedimentierter Männlichkeit. Benz kam an dem gläsernen Café vorüber, in dem Leute hockten, um lustlos Salat, Butterbrote und Wurst zu essen: sie schienen in eine Falle geraten zu sein, wo sie gewaltsam gespeist wurden. Er ging weiter. Die beiden Telefonzellen waren besetzt, und er drehte sich herum und wartete: oben schimmerten die lichtgefüllten Röhren in der Reihe von Kaufläden: Zigarrenkisten und Blumen, Zeitschriften und Parfümflaschen standen in diesem quälenden bläulichen Licht, und über einem großen weißgelben Transparent, das ein Verhütungsmittel anpries, schwebte ein lächelnder Sperrholz-Engel, silbern bemalt, der den Stern von Bethlehem gegen das blaugekachelte Gewölbe der Halle hielt. Irgendwo rechts nicht weit von ihm entfernt hatte eine religiöse Handlung ihren Kasten aufgehängt: »Katholischer Schriftenvertrieb – Belieferung von Vereinen« stand darüber; grimassierende Krippenfiguren schienen auf dem rötlichen Samt des Kastens zu tanzen, flankiert von harfespielenden Engeln, deren Rücken man benutzt hatte, um Spruchbänder aufzustellen, die an lackierten Holzstäben befestigt waren: »Gloria in excelsis Deo« und »Friede den Menschen auf Erden« stand über den starren Engellocken.

Benz wandte sich um: immer noch waren die Zellen besetzt, und durch die defekte Scheibe der linken Zelle hindurch sah er das Gesicht einer weinenden Frau, deren schmerzhaft verzogener Mund sich manchmal zu einem Flüstern schloß. Sie weinte ganz haltlos; über ihr blasses Gesicht rollten die Tränen wie über Wachs.

Von den gekachelten Wänden tropfte es, die Decke hatte einen feuchten Schimmer, und Beethoven wurde durch den Lautsprecher gequetscht. Benz klappte seinen Kragen hoch und zündete seine Pfeife an, – da schlug ihm jemand die Tür der Nebenzelle ins Kreuz, und als er sich umblickte, sah er einen schwarzgekleideten Mann, der ihn wütend ansah und schnell die Stufen zum gläsernen Café hinaufstieg. Benz ging in die Zelle hinein, setzte seine Tasche ab und suchte Kleingeld aus dem Mantel. Durch das Glas sah er den Schatten der Frau nebenan: an der Silhouette des Telefon-Apparates sah er, daß der Hörer aufgelegt war; die Frau stand da und tupfte sich mit einem rötlichen Quast im Gesicht herum; ihr grünes Kopftuch war verrutscht; sie zog es sehr langsam hoch. Dann hörte er, wie sie die Klinke herunterdrückte, und er öffnete die Tür seiner Zelle einen Spalt, um sie zu sehen. Er sah sie nur einen Augenblick: sie war schön und lächelte jetzt. Er schloß langsam die Tür seiner Zelle und wählte.

Zwischen den Klingelzeichen hörte er das sanfte Rauschen der amtlichen Stille, und den Beethoven nahm er jetzt nur sehr leise mit dem rechten Ohr wahr. Dazwischen eine sehr kräftige männliche Stimme, die einen ver-

späteten Zug ankündigte, und dann sagte eine Frauenstimme im Hörer ärgerlich: »Was ist los? Was ist denn?«,
und er hörte jetzt die Neunte Symphonie doppelt: mit dem
linken Ohr im Hörer und mit dem rechten draußen, und er
sagte leise: »Nichts, – nichts ist los«, und plötzlich brach
im Telefon die Symphonie ab, und er wußte, daß die Frau
eingehängt hatte. Er legte den Hörer auf und begriff, daß
er vergessen hatte, den Zahlknopf zu drücken: sie hatte ihn
nicht gehört. Er drückte auf den anderen Knopf, das Geld
rollte in die Metallschnauze zurück, und er nahm es heraus. Er nahm sein Notizbuch aus der Tasche, blätterte es
durch und schrieb drei Telefon-Nummern auf die stählerne, gelb lackierte Sprosse zwischen den Scheiben.

Wieder schien jemand am Knopf gedreht zu haben,
denn von draußen kam der Beethoven wieder fortissimo
zu ihm hinein; er warf zögernd das Geld ein und wählte; es
blieb nicht lange still, und die Männerstimme, die »hallo!«
rief, »hallo«, war kaum zu hören, so laut war auch dort
hinten die Musik, und es war die gleiche, die aus der Halle
zu ihm kam. Er hing ein, ohne etwas zu sagen, drückte
wieder auf den Knopf, ließ das Geld in seine Hand rollen,
verließ die Zelle und ging langsam an den Aborten vorbei
wieder hinauf. Die großen Lampen waren jetzt ausge-
knipst, nur von den kerzenförmigen Glühbirnen des Tan-
nenbaums kam Licht, und das Engelhaar war zusammen-
geklebt von Nässe und hing in Strähnen herunter. Aus einer unsichtbaren Ecke der Halle kam Beethoven herunter.
Draußen auf dem nassen Platz sah er einen grell erleuchteten Schaukasten stehen. Er ging langsam darauf zu: eine
große blonde Puppe stand da im Ski-Dreß und lächelte ihn
an, sie hielt ihm einen silbrig bepuderten Tannenzweig
entgegen. Ihre Perücke schien echt zu sein, es war warm-
leuchtendes, goldblondes Haar; nur als er genauer ihren
aufgesperrten Mund betrachtete, sah er, daß sie keinen
Gaumen hatte: dunkelblaues Nichts gähnte hinter ihren
rosigen Lippen. Er ging langsam in die dunkle Stadt hinein; irgendwo in der Nähe war eine Kirche gewesen, und

vielleicht stand sie noch da. Er ging an einem rötlich erleuchteten Hotel vorbei, hinter dessen schweren Vorhängen der Beethoven fast gesummt zu werden schien. Sehr
sanft war diese Musik. Aber auch die Kirche war schon
wieder aufgebaut, in den großen Fenstern spiegelten sich
die Laternen, und an der Tür klebte ein großes, weißes
Schild, mit korrekten schwarzen Buchstaben beschriftet:
»Mette: 0.00 Uhr, Einlaß 23.00 Uhr«. Obwohl er wußte,
daß es vergeblich war, rüttelte er an der Klinke und beugte
sich dann tief nach unten, um durchs Schlüsselloch zu
sehen: kerzenförmige Glühbirnen umrandeten den Altar
und verdunkelten das Ewige Licht. Er ging langsam zum
Bahnhof zurück. Es war erst neun Uhr. Schon als er um die
Ecke bog, hörte er die Musik, sie quoll aus dem schwarzen
Schlund des Bahnhofs und stieg wie eine Art Dampf aus allen seinen Öffnungen.

Im Wartesaal waren nicht viele Leute. Sie saßen vor ihren Gläsern und Tassen, und auf den Tischen standen Tannenzweige in den Vasen, mit kleinen rötlichen Holzpilz-
chen behangene Tannenzweige, und mitten im Wartesaal
hing ein Transparent mit der Inschrift: »Frohes Fest allen
Reisenden«. Unter dem Transparent stand ein gähnender
Kellner, der sich die Serviette vor den Mund hielt.

Benz stellte sich vor den Kasten mit den Krippenfiguren, und er sah im Hintergrund des Kastens die Heiligen
Drei Könige, bärtige, feingekleidete Männer, die auf
künstlichem Moos einhertappten und imaginäre Kamele
an den nach rückwärts ausgestreckten Händen hinter sich
herzogen. Vor dem Heiligen Joseph war eine Preistafel
aufgestellt, die ihm bis ans Kinn reichte: »256,- DM – auch
einzeln käuflich« stand darauf, und Benz dachte: »Wenn
der Heilige Joseph soviel Geld gehabt hätte, wäre er im besten Hotel Bethlehems untergekommen, und die ganze
Krippenindustrie wäre illusorisch geblieben.«

Aus dem Lautsprecher kam jetzt der Schlußchor der
Neunten Symphonie, und es war aufregend, wie der Chor
nach dem »Freude!« immer wieder aussetzte und für Au-

genblicke eine atemlose Stille aus dem Lautsprecher kam. »Freude«, sang der Chor, »Freude, schöner Götterfunken.« Über den Kasten hinweg sah er jetzt dem Mann an der Sperre zu, der seine Brille zurechtrückte und dann langsam den Takt des Chorgesangs mit seiner Knipszange auf das eiserne Türchen schlug.

»...freudetrunken, göttliche, dein Heiligtum, Heiligtum.«

Jetzt hob der Mann an der Sperre seine Zange, schob eine Fahrkarte in die Schnauze, knipste sie, schob eine zweite hinein, knipste sie und fing wieder an, den Takt zu klopfen. Benz erschrak für einen Augenblick und spürte sein Herz klopfen: die Frau mit dem grünen Kopftuch war durch die Sperre gegangen, aber sie war nicht allein; ein Mann, dessen Arm sie hielt, lächelte zu ihr hinab.

»...wo dein sanfter Flügel weilt – Flügel weilt.«

Benz ging vom Kasten weg, schlenderte ein paar Mal durch die Halle und spielte mit den beiden Zehnpfennig-Stücken, die er lose in der Manteltasche hatte. Er versuchte, sich einzureden, daß er mit seinem letzten Geld zurückfahren und allein zu Hause sitzen würde. Oben rollte ein Zug übers Gewölbe, und er dachte einen Augenblick wieder an das schöne Gesicht der Frau und spürte sein Herz, für einen Augenblick. Der Zug hielt jetzt oben, eine Stimme rief etwas, und Leute kamen die Bahnsteigtreppe herunter. Es waren nicht viele Leute, und sie kamen sehr schnell. Benz blieb stehen und sah ihnen entgegen, aber er kannte keinen von denen, die eilig an ihm vorbei in die Stadt gingen, und er fühlte sich plötzlich erleichtert, weil die Halle wieder leer war. Der Mann an der Sperre stand auf, schloß das eiserne Türchen, und nun erloschen auch die kerzenförmigen Glühbirnen, und der Tannenbaum sah im Dunkeln fast schön aus.

»...Kuß der ganzen Welt«, sang der Chor – »der ganzen Welt.«

Dann war auch der Lautsprecher still, und es fiel etwas wie Frieden über den Bahnhof. Alles war dunkel, auch draußen das Mädchen im Ski-Dreß leuchtete nicht mehr; nur in dem Kasten mit den Krippenfiguren brannte noch Licht. Benz blieb noch ein paar Minuten vor ihnen stehen und lächelte ihnen zu, bevor er in den Wartesaal ging, um auf seinen Zug zu warten.

Der Engel

Der große Marmorengel schwieg, obwohl der Pfarrer ihn anblickte und auf ihn hinunterzusprechen schien; er hatte sein Gesicht im Schlamm verborgen, und die Abflachung an der Stelle seines Hinterkopfes, wo er sich von der Säule gelöst hatte, erweckte den Eindruck, er sei erschlagen worden, nun an die Erde geschmiegt, um zu weinen oder um zu trinken.

Sein Gesicht lag mitten in der Schlammpfütze, seine starren Locken waren mit Dreck bespritzt, und seine runde Wange trug einen Lehmflecken, nur sein bläuliches Ohr war makellos, und ein Stück seines zerbrochenen Schwertes lag neben ihm: ein längliches Stück Marmor, das er weggeworfen zu haben schien.

Es sah aus, als lauschte er, und niemand konnte erkennen, ob sein Gesicht Hohn oder Schmerz ausdrückte. Er schwieg. Auf seinem Rücken bildete sich langsam eine Pfütze, seine Fußsohlen glänzten feucht. Manchmal auch, wenn der Pfarrer das Standbein wechselte und ihm etwas näher trat, schien der Engel ihm die Füße zu küssen, aber es schien nur so: sein Gesicht hob sich nicht aus dem Dreck. Er lag da, vorschriftsmäßig gedeckt durch einen Lehmwall, wie ein Soldat.

»So wollen wir nun«, rief der Pfarrer, »wir wollen bedenken, daß es an uns ist zu trauern, nicht an ihr.« Er deutete mit seinen weißen Händen in die Gruft, wo zwischen zwei ionischen Säulen der Sarg stand, bedeckt mit einem schwarzen Tuch, von dessen goldenen Quasten der Regen tropfte. »Wir wollen bedenken«, rief der Pfarrer, »daß der Tod der Anfang des Lebens ist.«

Der Meßdiener hinter ihm hielt krampfhaft den dunklen Horngriff des Regenschirms fest und bemühte sich, den Schirm so zu drehen und zu schwenken, wie der Pfarrer sich bewegte; aber manchmal kamen die rhetorischen

Wendungen so plötzlich, daß er nicht folgen konnte. Sooft ein Regentropfen das Haupt des Pfarrers traf, warf er einen strafenden Blick nach hinten, wo der blasse Junge den Schirm hielt wie einen Baldachin.

»Bedenken wir«, rief der Pfarrer dem Marmorengel zu, »daß auch wir immer an der Schwelle des Todes stehen. Denken wir an sie zurück, unsere so teure Tote, gesegnet mit irdischen Gütern, lebend in einer starken christlichen Sippe, der unsere Stadt soviel verdankt: wie plötzlich traf sie der Ruf Gottes, der ihr seinen unsichtbaren Boten sandte...«

Er schwieg einen Augenblick betroffen. Ihm war, als hätte die makellose, bläuliche Marmorwange sich bewegt wie in einem Lächeln, und der Pfarrer hob seinen ängstlichen Blick und suchte in der Versammlung von Regenschirmen die Stelle, wo die Seide am glattesten und kostbarsten zu sein schien. »Wie wurde die Familie von dieser so plötzlichen Nachricht ihres Todes überrascht.« Seine Augen wanderten an den Regenschirmen vorbei bis zu der Stelle, wo eine kleine Schar schutzlos ihre Köpfe dem Regen hinhielt. »Wie mögen die Armen sie betrauern, die in ihr eine treue und wissende Helferin verlieren. Vergessen wir nicht, für sie zu beten, wir alle, die wir jeden Augenblick überrascht werden können von jenem unsichtbaren Boten, den Gott uns senden kann. Amen.«

»Amen!« rief er nochmals in das marmorne Ohr des Engels hinein.

»Amen«, rief die Menge, und ein dumpfes Gemurmel kam als Echo aus dem Inneren des kleinen Tempels zurück.

Langsam versank der Marmorengel: seine runden Wangen wurden in den weichen Boden gedrückt, und sein makelloses Ohr wurde allmählich von feuchtem Dreck verschluckt.

Drinnen antwortete der Küster leise den lateinischen Gesängen des Pfarrers, und sie sahen, daß der Pfarrer einen Augenblick verwirrt war, weil er nicht wußte, wohin er die

Schaufel Dreck werfen sollte. Er schleuderte sie gegen den Sarg, und die Lehmbrocken verteilten sich über die Marmorfliesen.

Der Engel schwieg; er ließ sich vom Gewicht der beiden Männer nach unten drücken; seine prachtvollen Locken wurden von gurgelndem Dreck umschlossen, und seine Armstümpfe griffen immer tiefer in die Erde hinein.

Der Lacher

Wenn ich nach meinem Beruf gefragt werde, befällt mich Verlegenheit: ich werde rot, stammele, ich, der ich sonst als ein sicherer Mensch bekannt bin. Ich beneide die Leute, die sagen können: ich bin Maurer. Buchhaltern, Friseuren und Schriftstellern neide ich die Einfachheit ihrer Bekenntnisse, denn alle diese Berufe erklären sich aus sich selbst und erfordern keine längeren Erklärungen. Ich aber bin gezwungen, auf solche Fragen zu antworten: Ich bin Lacher. Ein solches Bekenntnis erfordert weitere, da ich auch die zweite Frage »Leben Sie davon?« wahrheitsgemäß mit »Ja« beantworten muß. Ich lebe tatsächlich von meinem Lachen, und ich lebe gut, denn mein Lachen ist – kommerziell ausgedrückt – gefragt. Ich bin ein guter, bin ein gelernter Lacher, kein anderer lacht so wie ich, keiner beherrscht so die Nuancen meiner Kunst. Lange Zeit habe ich mich – um lästigen Erklärungen zu entgehen – als Schauspieler bezeichnet, doch sind meine mimischen und sprecherischen Fähigkeiten so gering, daß mir diese Bezeichnung als nicht der Wahrheit gemäß erschien: ich liebe die Wahrheit, und die Wahrheit ist: ich bin Lacher. Ich bin weder Clown noch Komiker, ich erheitere die Menschen nicht, sondern stelle Heiterkeit dar: ich lache wie ein römischer Imperator oder wie ein sensibler Abiturient, das Lachen des 17. Jahrhunderts ist mir so geläufig wie das des 19., und wenn es sein muß, lache ich alle Jahrhunderte, alle Gesellschaftsklassen, alle Altersklassen durch: ich hab's einfach gelernt, so wie man lernt, Schuhe zu besohlen. Das Lachen Amerikas ruht in meiner Brust, das Lachen Afrikas, weißes, rotes, gelbes Lachen – und gegen ein entsprechendes Honorar lasse ich es erklingen, so wie die Regie es vorschreibt.

Ich bin unentbehrlich geworden, ich lache auf Schallplatten, lache auf Band, und die Hörspielregisseure behan-

deln mich rücksichtsvoll. Ich lache schwermütig, gemä-
ßigt, hysterisch – lache wie ein Straßenbahnschaffner oder
wie ein Lehrling der Lebensmittelbranche; das Lachen am
Morgen, das Lachen am Abend, nächtliches Lachen und
das Lachen der Dämmerstunde, kurzum: wo immer und
wie immer gelacht werden muß: ich mache es schon.

Man wird mir glauben, daß ein solcher Beruf anstren-
gend ist, zumal ich – das ist meine Spezialität – auch das an-
steckende Lachen beherrsche; so bin ich unentbehrlich geworden auch für Komiker dritten und vierten Ranges, die
mit Recht um ihre Pointen zittern, und ich sitze fast jeden
Abend in den Varietés herum als eine subtilere Art Cla-
queur, um an schwachen Stellen des Programms anstek-
kend zu lachen. Es muß Maßarbeit sein: mein herzhaftes,
wildes Lachen darf nicht zu früh, darf auch nicht zu spät,
es muß im richtigen Augenblick kommen – dann platze ich
programmgemäß aus, die ganze Zuhörerschaft brüllt mit,
und die Pointe ist gerettet.

Ich aber schleiche dann erschöpft zur Garderobe, ziehe
meinen Mantel über, glücklich darüber, daß ich endlich
Feierabend habe. Zu Hause liegen meist Telegramme für
mich »Brauchen dringend Ihr Lachen. Aufnahme Diens-
tag«, und ich hocke wenige Stunden später in einem über-
heizten D-Zug und beklage mein Geschick.

Jeder wird begreifen, daß ich nach Feierabend oder im
Urlaub wenig Neigung zum Lachen verspüre: der Melker
ist froh, wenn er die Kuh, der Maurer glücklich, wenn er
den Mörtel vergessen darf, und die Tischler haben zu
Hause meistens Türen, die nicht funktionieren, oder
Schubkästen, die sich nur mit Mühe öffnen lassen. Zucker-
bäcker lieben saure Gurken, Metzger Marzipan, und der
Bäcker zieht die Wurst dem Brot vor; Stierkämpfer lieben
den Umgang mit Tauben, Boxer werden blaß, wenn ihre
Kinder Nasenbluten haben: ich verstehe das alles, denn ich
lache nach Feierabend nie. Ich bin ein todernster Mensch,
und die Leute halten mich – vielleicht mit Recht – für einen
Pessimisten.

In den ersten Jahren unserer Ehe sagte meine Frau oft zu mir: »Lach doch mal!«, aber inzwischen ist ihr klargeworden, daß ich diesen Wunsch nicht erfüllen kann. Ich bin glücklich, wenn ich meine angestrengten Gesichtsmuskeln, wenn ich mein strapaziertes Gemüt durch tiefen Ernst entspannen darf. Ja, auch das Lachen anderer macht mich nervös, weil es mich zu sehr an meinen Beruf erinnert. So führen wir eine stille, eine friedliche Ehe, weil auch meine Frau das Lachen verlernt hat: hin und wieder ertappe ich sie bei einem Lächeln, und dann lächele auch ich. Wir sprechen leise miteinander, denn ich hasse den Lärm des Varietés, hasse den Lärm, der in den Aufnahmeräumen herrschen kann.

Menschen, die mich nicht kennen, halten mich für verschlossen. Vielleicht bin ich es, weil ich zu oft meinen Mund zum Lachen öffnen muß.

Mit unbewegter Miene gehe ich durch mein eigenes Leben, erlaube mir nur hin und wieder ein sanftes Lächeln, und ich denke oft darüber nach, ob ich wohl je gelacht habe. Ich glaube: nein. Meine Geschwister wissen zu berichten, daß ich immer ein ernster Junge gewesen sei.

So lache ich auf vielfältige Weise, aber mein eigenes Lachen kenne ich nicht.

Die Waage der Baleks

In der Heimat meines Großvaters lebten die meisten Menschen von der Arbeit in den Flachsbrechen. Seit fünf Generationen atmeten sie den Staub ein, der den zerbrochenen Stengeln entsteigt, ließen sich langsam dahinmorden, geduldige und fröhliche Geschlechter, die Ziegenkäse aßen, Kartoffeln, manchmal ein Kaninchen schlachteten; abends spannen und strickten sie in ihren Stuben, sangen, tranken Pfefferminztee und waren glücklich. Tagsüber brachen sie den Flachs in altertümlichen Maschinen, schutzlos dem Staub preisgegeben und der Hitze, die den Trockenöfen entströmte. In ihren Stuben stand ein einziges, schrankartiges Bett, das den Eltern vorbehalten war, und die Kinder schliefen ringsum auf Bänken. Morgens waren ihre Stuben vom Geruch der Brennsuppen erfüllt; an den Sonntagen gab es Sterz, und die Gesichter der Kinder röteten sich vor Freude, wenn an besonders festlichen Tagen sich der schwarze Eichelkaffee hell färbte, immer heller von der Milch, die die Mutter lächelnd in ihre Kaffeetöpfe goß.

Die Eltern gingen früh zur Arbeit, den Kindern war der Haushalt überlassen: sie fegten die Stube, räumten auf, wuschen das Geschirr und schälten Kartoffeln, kostbare gelbliche Früchte, deren dünne Schale sie vorweisen mußten, um den Verdacht möglicher Verschwendung oder Leichtfertigkeit zu zerstreuen.

Kamen die Kinder aus der Schule, mußten sie in die Wälder gehen und – je nach der Jahreszeit – Pilze sammeln und Kräuter: Waldmeister und Thymian, Kümmel und Pfefferminz, auch Fingerhut, und im Sommer, wenn sie das Heu von ihren mageren Wiesen geerntet hatten, sammelten sie die Heublumen. Einen Pfennig gab es fürs Kilo Heublumen, die in der Stadt in den Apotheken für zwanzig Pfennig das Kilo an nervöse Damen verkauft wurden.

Kostbar waren die Pilze: sie brachten zwanzig Pfennig das Kilo und wurden in der Stadt in den Geschäften für eine Mark zwanzig gehandelt. Weit in die grüne Dunkelheit der Wälder krochen die Kinder im Herbst, wenn die Feuchtigkeit die Pilze aus dem Boden treibt, und fast jede Familie hatte ihre Plätze, an denen sie Pilze pflückte, Plätze, die von Geschlecht zu Geschlecht weitergeflüstert wurden.

Die Wälder gehörten den Baleks, auch die Flachsbrechen, und die Baleks hatten im Heimatdorf meines Großvaters ein Schloß, und die Frau des Familienvorstandes jeweils hatte neben der Milchküche ein kleines Stübchen, in dem Pilze, Kräuter, Heublumen gewogen und bezahlt wurden. Dort stand auf dem Tisch die große Waage der Baleks, ein altertümliches, verschnörkeltes, mit Goldbronze bemaltes Ding, vor dem die Großeltern meines Großvaters schon gestanden hatten, die Körbchen mit Pilzen, die Papiersäcke mit Heublumen in ihren schmutzigen Kinderhänden, gespannt zusehend, wieviel Gewichte Frau Balek auf die Waage werfen mußte, bis der pendelnde Zeiger genau auf dem schwarzen Strich stand, dieser dünnen Linie der Gerechtigkeit, die jedes Jahr neu gezogen werden mußte. Dann nahm Frau Balek das große Buch mit dem braunen Lederrücken, trug das Gewicht ein und zahlte das Geld aus, Pfennige oder Groschen und sehr, sehr selten einmal eine Mark. Und als mein Großvater ein Kind war, stand dort ein großes Glas mit sauren Bonbons, von denen, die das Kilo eine Mark kosteten, und wenn die Frau Balek, die damals über das Stübchen herrschte, gut gelaunt war, griff sie in dieses Glas und gab jedem der Kinder einen Bonbon, und die Gesichter der Kinder röteten sich vor Freude, so wie sie sich röteten, wenn die Mutter an besonders festlichen Tagen Milch in ihre Kaffeetöpfe goß, Milch, die den Kaffee hell färbte, immer heller, bis er so blond war wie die Zöpfe der Mädchen.

Eines der Gesetze, die die Baleks dem Dorf gegeben hatten, hieß: Keiner darf eine Waage im Hause haben. Das

Gesetz war schon so alt, daß keiner mehr darüber nachdachte, wann und warum es entstanden war, und es mußte geachtet werden, denn wer es brach, wurde aus den Flachsbrechen entlassen, dem wurden keine Pilze, kein Thymian, keine Heublumen mehr abgenommen, und die Macht der Baleks reichte so weit, daß auch in den Nachbardörfern niemand ihm Arbeit gab, niemand ihm die Kräuter des Waldes abkaufte. Aber seitdem die Großeltern meines Großvaters als kleine Kinder Pilze gesammelt, sie abgeliefert hatten, damit sie in den Küchen der reichen Prager Leute den Braten würzten oder in Pasteten verbakken werden konnten, seitdem hatte niemand daran gedacht, dieses Gesetz zu brechen: fürs Mehl gab es Hohlmaße, die Eier konnte man zählen, das Gesponnene wurde nach Ellen gemessen, und im übrigen machte die altertümliche, mit Goldbronze verzierte Waage der Baleks nicht den Eindruck, als könne sie nicht stimmen, und fünf Geschlechter hatten dem auspendelnden schwarzen Zeiger anvertraut, was sie mit kindlichem Eifer im Walde gesammelt hatten.

Zwar gab es zwischen diesen stillen Menschen auch welche, die das Gesetz mißachteten, Wilderer, die begehrten, in einer Nacht mehr zu verdienen, als sie in einem ganzen Monat in der Flachsfabrik verdienen konnten, aber auch von diesen schien noch niemand den Gedanken gehabt zu haben, sich eine Waage zu kaufen oder eine zu basteln. Mein Großvater war der erste, der kühn genug war, die Gerechtigkeit der Baleks zu prüfen, die im Schloß wohnten, zwei Kutschen fuhren, die immer einem Jungen des Dorfes das Studium der Theologie im Prager Seminar bezahlten, bei denen der Pfarrer jeden Mittwoch zum Tarock war, denen der Bezirkshauptmann – das kaiserliche Wappen auf der Kutsche – zu Neujahr seinen Besuch abstattete, und denen der Kaiser zu Neujahr des Jahres 1900 den Adel verlieh.

Mein Großvater war fleißig und klug: er kroch weiter in die Wälder hinein, als vor ihm die Kinder seiner Sippe gekrochen waren, er drang bis in das Dickicht vor, in dem der Sage nach Bilgan, der Riese, hausen sollte, der dort den Hort der Balderer bewacht. Aber mein Großvater hatte keine Furcht vor Bilgan: er drang weit in das Dickicht vor, schon als Knabe, brachte große Beute an Pilzen mit, fand sogar Trüffeln, die Frau Balek mit dreißig Pfennig das Pfund berechnete. Mein Großvater trug alles, was er den Baleks brachte, auf die Rückseite eines Kalenderblattes ein: jedes Pfund Pilze, jedes Gramm Thymian, und mit seiner Kinderschrift schrieb er rechts daneben, was er dafür bekommen hatte; jeden Pfennig kritzelte er hin, von seinem siebten bis zu seinem zwölften Jahr, und als er zwölf war, kam das Jahr 1900, und die Baleks schenkten jeder Familie im Dorf, weil der Kaiser sie geadelt hatte, ein Viertelpfund echten Kaffee, von dem, der aus Brasilien kommt; es gab auch Freibier und Tabak für die Männer, und im Schloß fand ein großes Fest statt; viele Kutschen standen in der Pappelallee, die vom Tor zum Schloß führt.

Aber am Tage vor dem Fest schon wurde der Kaffee ausgegeben in der kleinen Stube, in der seit fast hundert Jahren die Waage der Baleks stand, die jetzt Balek von Bilgan hießen, weil der Sage nach Bilgan, der Riese, dort ein großes Schloß gehabt haben soll, wo die Gebäude der Baleks stehen.

Mein Großvater hat mir oft erzählt, wie er nach der Schule dort hinging, um den Kaffee für vier Familien abzuholen: für die Cechs, die Weidlers, die Vohlas und für seine eigene, die Brüchers. Es war der Nachmittag vor Silvester: die Stuben mußten geschmückt, es mußte gebacken werden, und man wollte nicht vier Jungen entbehren, jeden einzeln den Weg ins Schloß machen lassen, um ein Viertelpfund Kaffee zu holen.

Und so saß mein Großvater auf der kleinen, schmalen Holzbank im Stübchen, ließ sich von Gertrud, der Magd, die fertigen Achtelkilopakete Kaffee vorzählen, vier Stück, und blickte auf die Waage, auf deren linker Schale der Halbkilostein liegengeblieben war; Frau Balek von Bilgan war mit den Vorbereitungen fürs Fest beschäftigt. Und als Gertrud nun in das Glas mit den sauren Bonbons greifen wollte, um meinem Großvater eines zu geben, stellte sie fest, daß es leer war: es wurde jährlich einmal neu gefüllt, faßte ein Kilo von denen zu einer Mark.

Gertrud lachte, sagte: »Warte, ich hole die neuen«, und mein Großvater blieb mit den vier Achtelkilopaketen, die in der Fabrik verpackt und verklebt waren, vor der Waage stehen, auf der jemand den Halbkilostein liegengelassen hatte, und mein Großvater nahm die vier Kaffeepaketchen, legte sie auf die leere Waagschale, und sein Herz klopfte heftig, als er sah, wie der schwarze Zeiger der Gerechtigkeit links neben dem Strich hängenblieb, die Schale mit dem Halbkilostein unten blieb und das halbe Kilo Kaffee ziemlich hoch in der Luft schwebte; sein Herz klopfte heftiger, als wenn er im Walde hinter einem Strauch gelegen, auf Bilgan, den Riesen, gewartet hätte, und er suchte aus seiner Tasche Kieselsteine, wie er sie immer bei sich trug, um mit der Schleuder nach den Spatzen zu schießen, die an den Kohlpflanzen seiner Mutter herumpickten – drei, vier, fünf Kieselsteine mußte er neben die vier Kaffeepakete legen, bis die Schale mit dem Halbkilostein sich hob und der Zeiger endlich scharf über dem schwarzen Strich lag. Mein Großvater nahm den Kaffee von der Waage, wickelte die fünf Kieselsteine in sein Sacktuch, und als Gertrud mit der großen Kilotüte voll saurer Bonbons kam, die wieder für ein Jahr reichen mußten, um die Röte der Freude in die Gesichter der Kinder zu treiben, als Gertrud die Bonbons rasselnd ins Glas schüttete, stand der kleine blasse Bursche da, und nichts schien sich verändert zu haben. Mein Großvater nahm nur drei von den Paketen, und Gertrud blickte erstaunt und erschreckt auf den blassen Jungen, der den sauren Bonbon auf die Erde warf, ihn zertrat und sagte: »Ich will Frau Balek sprechen.«

»Balek von Bilgan, bitte«, sagte Gertrud.

»Gut, Frau Balek von Bilgan«, aber Gertrud lachte ihn aus, und er ging im Dunkeln ins Dorf zurück, brachte den Cechs, den Weidlers, den Vohlas ihren Kaffee und gab vor, er müsse noch zum Pfarrer.

Aber er ging mit seinen fünf Kieselsteinen im Sacktuch in die dunkle Nacht. Er mußte weit gehen, bis er jemand fand, der eine Waage hatte, eine haben durfte; in den Dörfern Blaugau und Bernau hatte niemand eine, das wußte er, und er schritt durch sie hindurch, bis er nach zweistündigem Marsch in das kleine Städtchen Dielheim kam, wo der Apotheker Honig wohnte. Aus Honigs Haus kam der Geruch frischgebackener Pfannekuchen, und Honigs Atem, als er dem verfrorenen Jungen öffnete, roch schon nach Punsch, und er hatte die nasse Zigarre zwischen seinen schmalen Lippen, hielt die kalten Hände des Jungen einen Augenblick fest und sagte: »Na, ist es schlimmer geworden mit der Lunge deines Vaters?«

»Nein, ich komme nicht um Medizin, ich wollte...« Mein Großvater nestelte sein Sacktuch auf, nahm die fünf Kieselsteine heraus, hielt sie Honig hin und sagte: »Ich wollte das gewogen haben.« Er blickte ängstlich in Honigs Gesicht, aber als Honig nichts sagte, nicht zornig wurde, auch nicht fragte, sagte mein Großvater: »Es ist das, was an der Gerechtigkeit fehlt«, und mein Großvater spürte jetzt, als er in die warme Stube kam, wie naß seine Füße waren. Der Schnee war durch die schlechten Schuhe gedrungen, und im Wald hatten die Zweige den Schnee über ihn geschüttelt, der jetzt schmolz, und er war müde und hungrig und fing plötzlich an zu weinen, weil ihm die vielen Pilze einfielen, die Kräuter, die Blumen, die auf der Waage gewogen worden waren, an der das Gewicht von fünf Kieselsteinen an der Gerechtigkeit fehlte. Und als Honig, den Kopf schüttelnd, die fünf Kieselsteine in der Hand, seine Frau rief, fielen meinem Großvater die Geschlechter seiner Eltern, seiner Großeltern ein, die alle ihre Pilze, ihre Blumen auf der Waage hatten wiegen lassen müssen, und es kam über ihn wie eine große Woge von Ungerechtigkeit, und er fing noch heftiger an zu weinen, setzte sich, ohne dazu aufgefordert zu sein, auf einen der Stühle in Honigs

Stube, übersah den Pfannekuchen, die heiße Tasse Kaffee, die die gute und dicke Frau Honig ihm vorsetzte, und hörte erst auf zu weinen, als Honig selbst aus dem Laden vorne zurückkam und, die Kieselsteine in der Hand schüttelnd, leise zu seiner Frau sagte: »Fünfeinhalb Deka, genau.«

Mein Großvater ging die zwei Stunden durch den Wald zurück, ließ sich prügeln zu Hause, schwieg, als er nach dem Kaffee gefragt wurde, sagte kein Wort, rechnete den ganzen Abend an seinem Zettel herum, auf dem er alles notiert hatte, was er der jetzigen Frau Balek geliefert hatte, und als es Mitternacht schlug, vom Schloß die Böller zu hören waren, im ganzen Dorf das Geschrei, das Klappern der Rasseln erklang, als die Familie sich geküßt, sich umarmt hatte, sagte er in das folgende Schweigen des neuen Jahres hinein: »Baleks schulden mir achtzehn Mark und zweiunddreißig Pfennig.« Und wieder dachte er an die vielen Kinder, die es im Dorf gab, dachte an seinen Bruder Fritz, der viele Pilze gesammelt hatte, an seine Schwester Ludmilla, dachte an die vielen hundert Kinder, die alle für die Baleks Pilze gesammelt hatten, Kräuter und Blumen, und er weinte diesmal nicht, sondern erzählte seinen Eltern, seinen Geschwistern von seiner Entdeckung.

Als die Baleks von Bilgan am Neujahrstage zum Hochamt in die Kirche kamen, das neue Wappen – einen Riesen, der unter einer Fichte kauert – schon in Blau und Gold auf ihrem Wagen, blickten sie in die harten und blassen Gesichter der Leute, die alle auf sie starrten. Sie hatten im Dorf Girlanden erwartet, am Morgen ein Ständchen, Hochrufe und Heilrufe, aber das Dorf war wie ausgestorben gewesen, als sie hindurchfuhren, und in der Kirche wandten sich die Gesichter der blassen Leute ihnen zu, stumm und feindlich, und als der Pfarrer auf die Kanzel stieg, um die Festpredigt zu halten, spürte er die Kälte der sonst so stillen und friedlichen Gesichter, und er stoppelte mühsam seine Predigt herunter und ging schweißtriefend zum Altar zurück. Und als die Baleks von Bilgan nach der Messe die Kirche wieder verließen, gingen sie durch ein Spalier stummer, blasser Gesichter. Die junge Frau Balek von Bilgan aber blieb vorne bei den Kinderbänken stehen, suchte das Gesicht meines Großvaters, des kleinen blassen Franz Brücher, und fragte ihn in der Kirche: »Warum hast du den Kaffee für deine Mutter nicht mitgenommen?« Und mein Großvater stand auf und sagte: »Weil Sie mir noch so viel Geld schulden, wie fünf Kilo Kaffee kosten.« Und er zog die fünf Kieselsteine aus seiner Tasche, hielt sie der jungen Frau hin und sagte: »So viel, fünfeinhalb Deka, fehlen auf ein halbes Kilo an Ihrer Gerechtigkeit«; und noch ehe die Frau etwas sagen konnte, stimmten die Männer und Frauen in der Kirche das Lied an: »Gerechtigkeit der Erden, o Herr, hat Dich getötet…«

Während die Baleks in der Kirche waren, war Wilhelm Vohla, der Wilderer, in das kleine Stübchen eingedrungen, hatte die Waage gestohlen und das große, dicke, in Leder eingebundene Buch, in dem jedes Kilo Pilze, jedes Kilo Heublumen, alles eingetragen war, was von den Baleks im Dorf gekauft worden war, und den ganzen Nachmittag des Neujahrstages saßen die Männer des Dorfes in der Stube meiner Urgroßeltern und rechneten, rechneten elf Zehntel von allem, was gekauft worden – aber als sie schon viele tausend Taler errechnet hatten und noch immer nicht zu Ende waren, kamen die Gendarmen des Bezirkshauptmanns, drangen schießend und stechend in die Stube meines Urgroßvaters ein und holten mit Gewalt die Waage und das Buch heraus. Die Schwester meines Großvaters wurde getötet dabei, die kleine Ludmilla, ein paar Männer verletzt, und einer der Gendarmen wurde von Wilhelm Vohla, dem Wilderer, erstochen.

Es gab Aufruhr nicht nur in unserem Dorf, auch in Blaugau und Bernau, und fast eine Woche lang ruhte die Arbeit in den Flachsfabriken. Aber es kamen sehr viele Gendarmen, und die Männer und Frauen wurden mit Gefängnis bedroht, und die Baleks zwangen den Pfarrer, öffentlich in der Schule die Waage vorzuführen und zu beweisen, daß der Zeiger der Gerechtigkeit richtig auspendelte. Und die Männer und Frauen gingen wieder in die Flachsbrechen – aber niemand ging in die Schule, um den Pfarrer anzusehen: er stand ganz allein da, hilflos und traurig mit seinen Gewichtssteinen, der Waage und den Kaffeetüten.

Und die Kinder sammelten wieder Pilze, sammelten wieder Thymian, Blumen und Fingerhut, aber jeden Sonntag wurde in der Kirche, sobald die Baleks sie betraten, das Lied angestimmt: »Gerechtigkeit der Erden, o Herr, hat Dich getötet«, bis der Bezirkshauptmann in allen Dörfern austrommeln ließ, das Singen dieses Liedes sei verboten.

Die Eltern meines Großvaters mußten das Dorf verlassen, das frische Grab ihrer kleinen Tochter, sie wurden Korbflechter, blieben an keinem Ort lange, weil es sie schmerzte, zuzusehen, wie in allen Orten das Pendel der Gerechtigkeit falsch ausschlug. Sie zogen hinter dem Wagen, der langsam über die Landstraße kroch, ihre magere Ziege mit, und wer an dem Wagen vorbeikam, konnte manchmal hören, wie drinnen gesungen wurde: »Gerechtigkeit der Erden, o Herr, hat Dich getötet.« Und wer ihnen zuhören wollte, konnte die Geschichte hören von den Baleks von Bilgan, an deren Gerechtigkeit ein Zehntel fehlte. Aber es hörte ihnen fast niemand zu.

Schicksal einer henkellosen Tasse

In diesem Augenblick stehe ich draußen auf der Fensterbank und fülle mich langsam mit Schnee; der Strohhalm ist
in der Seifenlauge festgefroren, Spatzen hüpfen um mich
herum, rauhe Vögel, die sich um die Brösel balgen, die man
ihnen hingestreut hat, und ich zittere um mein Leben, um
das ich schon so oft zittern mußte; wenn einer von diesen
fetten Spatzen mich umstößt, falle ich von der Fensterbank
auf den Betonstreifen unten – die Seifenlauge wird als ge-
frorenes ovales Etwas liegenbleiben, der Strohhalm wird
knicken – und meine Scherben wird man in den Müllka-
sten werfen.

Matt nur sehe ich die Lichter des Weihnachtsbaumes
durch die beschlagenen Scheiben schimmern, leise nur
höre ich das Lied, das drinnen gesungen wird: das Schimpfen der Spatzen übertönt alles.

Niemand von denen da drinnen weiß natürlich, daß ich
vor genau fünfundzwanzig Jahren unter einem Weihnachtsbaum geboren wurde und daß fünfundzwanzig Lebensjahre ein erstaunlich hohes Alter für eine simple Kaf-
feetasse sind: die Geschöpfe unserer Rasse, die unbenutzt
in Vitrinen dahindämmern, leben bedeutend länger als wir
einfachen Tassen. Doch bin ich sicher, daß von meiner Familie keiner mehr lebt: Daß meine Eltern, meine Geschwister, sogar meine Kinder längst gestorben sind, während
ich auf einem Fenstersims in Hamburg meinen fünfund-
zwanzigsten Geburtstag in der Gesellschaft schimpfender
Spatzen verbringen muß.

Mein Vater war ein Kuchenteller und meine Mutter eine
ehrbare Butterdose; ich hatte fünf Geschwister: zwei Tassen und drei Untertassen, doch blieb unsere Familie nur
wenige Wochen vereint; die meisten Tassen sterben jung
und plötzlich, und so wurden zwei meiner Brüder und
eine meiner lieben Schwestern schon am zweiten Weih-

nachtstag vom Tisch gestoßen. Sehr bald auch mußten wir uns von unserem lieben Vater trennen: In Gesellschaft meiner Schwester Josephine, einer Untertasse, begleitet von meiner Mutter, reiste ich südwärts; in Zeitungspapier verpackt, zwischen einem Schlafanzug und einem Frottiertuch, fuhren wir nach Rom, um dort dem Sohn unseres Besitzers zu dienen, der sich dem Studium der Archäologie ergeben hatte.

Dieser Lebensabschnitt – ich nenne ihn meine römischen Jahre – war für mich hochinteressant: Erst nahm mich Julius – so hieß der Student – täglich mit in die Thermen des Caracalla, dieses Restgemäuer einer riesigen Badeanstalt; dort in den Thermen freundete ich mich sehr mit einer Thermosflasche an, die mich und meinen Herrn zur Arbeit begleitete. Die Thermosflasche hieß Hulda, oft lagen wir stundenlang zusammen im Grase, wenn Julius mit dem Spaten arbeitete; ich verlobte mich später mit Hulda, heiratete sie in meinem zweiten römischen Jahr, obwohl ich heftige Vorwürfe meiner Mutter zu hören bekam, die die Ehe mit einer Thermosflasche als meiner unwürdig empfand. Meine Mutter wurde überhaupt seltsam: sie fühlte sich gedemütigt, weil sie als Tabakdose Verwendung fand, wie es meine liebe Schwester Josephine als äußerste Kränkung empfand, zum Aschenbecher erniedrigt worden zu sein.

Ich verlebte glückliche Monate mit Hulda, meiner Frau; zusammen lernten wir alles kennen, was auch Julius kennenlernte: Das Grab des Augustus, die Via Appia, das Forum Romanum – doch blieb mir letzteres in trauriger Erinnerung, weil hier Hulda, meine geliebte Frau, durch den Steinwurf eines römischen Straßenjungen zerstört wurde. Sie starb durch ein faustgroßes Stück Marmor aus einer Statue der Göttin Venus.

Dem Leser, der geneigt ist, weiterhin meinen Gedanken zu folgen, der Herz genug hat, auch einer henkellosen Tasse Schmerz und Lebensweisheit zuzugestehen – diesem kann ich jetzt melden, daß die Spatzen längst die Brö-

sel weggepickt haben, so daß keine unmittelbare Lebensgefahr mehr für mich besteht, auch ist inzwischen auf der
beschlagenen Scheibe eine blanke Stelle von der Größe eines Suppentellers entstanden, und ich sehe den Baum drinnen deutlich, sehe auch das Gesicht meines Freundes
Walter, der seine Nase an der Scheibe plattdrückt und mir
zulächelt; Walter hat noch vor drei Stunden, bevor die Be-
scherung anfing, Seifenblasen gemacht, jetzt deutet er mit
dem Finger auf mich, sein Vater schüttelt den Kopf, deutet
mit seinem Finger auf die nagelneue Eisenbahn, die Walter
bekommen hat, aber Walter schüttelt den Kopf – und ich
weiß, während die Scheibe sich wieder beschlägt, daß ich
spätestens in einer halben Stunde im warmen Zimmer sein
werde...
Die Freude am Genuß der römischen Jahre wurde
nicht nur durch den Tod meiner Frau, mehr noch durch
die Absonderlichkeiten meiner Mutter und die Unzufrie-
denheit meiner Schwester getrübt, die sich abends, wenn
wir beisammen im Schrank saßen, heftig bei mir über die
Verkennung ihrer Bestimmung beklagten. Doch standen
auch mir Erniedrigungen bevor, die eine selbstbewußte
Tasse nur mit Mühe ertragen kann: Julius trank Schnaps
aus mir! Von einer Tasse sagen: »aus der ist schon Schnaps
getrunken worden«, bedeutet dasselbe, als wenn man von
einem Menschen sagt: »der ist in schlechter Gesellschaft
gewesen!« Und es wurde sehr viel Schnaps aus mir getrunken.
Es waren erniedrigende Zeiten für mich. Sie währten so
lange, bis in Begleitung eines Kuchens und eines Hemdes
einer meiner Vettern, ein Eierbecher, aus München nach
Rom geschickt wurde: Von diesem Tag an wurde der
Schnaps aus meinem Vetter getrunken, und ich wurde von
Julius an eine Dame verschenkt, die mit demselben Ziel
wie Julius nach Rom gekommen war.
Hatte ich drei Jahre lang vom Fenstersims unserer römischen Wohnung auf das Grab des Augustus blicken können, so zog ich nun um und blickte die beiden nächsten

Jahre von meiner neuen Wohnung auf die Kirche Santa Maria Maggiore: In meiner neuen Lebenslage war ich zwar von meiner Mutter getrennt, doch diente ich wieder meinem eigentlichen Lebenszweck: es wurde Kaffee aus mir getrunken, ich wurde täglich zweimal gesäubert und stand in einem hübschen kleinen Schränkchen.

Doch blieben mir auch hier Erniedrigungen nicht erspart: Meine Gesellschaft in jenem hübschen Schränkchen war eine Hurz! Die ganze Nacht und viele, viele Stunden des Tages – und dies zwei Jahre hindurch – mußte ich die Gesellschaft der Hurz ertragen. Die Hurz war aus dem Geschlecht derer von Hurlewang, ihre Wiege hatte im Stammschloß der Hurlewang in Hürzenich an der Hürze gestanden, und sie war neunzig Jahre alt. Doch hatte sie in ihren neunzig Jahren wenig erlebt.

Meine Frage, warum sie immer im Schrank stünde, beantwortete sie hochnäsig: »Aus einer Hurz trinkt man doch nicht!« Die Hurz war schön, sie war von einem zarten Grauweiß, hatte winzige grüne Pünktchen aufgemalt, und jedesmal, wenn ich sie schockierte, wurde sie blaß, daß die grünen Pünktchen ganz deutlich zu sehen waren. Ohne jede böse Absicht schockierte ich sie oft: zunächst durch einen Heiratsantrag. Sie wurde, als ich ihr Herz und Hand antrug, so blaß, daß ich um ihr Leben bangte; es dauerte einige Minuten, bis sie wieder etwas Farbe bekam, dann flüsterte sie: »Bitte, sprechen Sie nie wieder davon; mein Bräutigam steht in Erlangen in einer Vitrine und wartet auf mich.«

»Wie lange schon?« fragte ich.

»Seit zwanzig Jahren«, sagte sie; »wir haben uns im Frühjahr 1914 verlobt – doch wurden wir jäh getrennt. Ich verlebte den Krieg im Safe der Sicherheitsbank in Frankfurt, er im Keller unseres Hauses in Erlangen. Nach dem Krieg kam ich infolge von Erbstreitigkeiten in eine Vitrine nach München, er, infolge der gleichen Erbstreitigkeiten, in eine Vitrine nach Erlangen. Unsere einzige Hoffnung ist die, daß Diana – so hieß unsere Herrin – sich mit Wolfgang, dem Sohn der Dame in Erlangen, in deren Vitrine mein Bräutigam steht, verheiratet, dann werden wir in der Erlanger Vitrine wieder vereint sein.«

Ich schwieg, um sie nicht wieder zu kränken, denn ich hatte natürlich längst gemerkt, daß Julius und Diana einander nähergekommen waren. Diana hatte zu Julius während einer Exkursion nach Pompeji gesagt: »Ach, wissen Sie, ich habe zwar eine Tasse, aber so eine, aus der man nicht trinken darf.«

»Ach«, hatte Julius gesagt, »ich darf Ihnen doch aus dieser Verlegenheit helfen?«

Später, da ich sie nie mehr um ihre Hand bat, verstand ich mich mit der Hurz ganz gut: Wenn wir abends zusammen im Schrank standen, sagte sie immer: »Ach, erzählen Sie mir doch etwas, aber bitte nicht ganz so ordinär, wenn es geht.«

Daß aus mir Kaffee, Kakao, Milch, Wein und Wasser getrunken worden waren, fand sie schon reichlich merkwürdig, aber als ich davon erzählte, daß Julius aus mir Schnaps getrunken hatte, bekam sie wieder einen Ohnmachtsanfall und erlaubte sich die (meiner bescheidenen Meinung nach) unberechtigte Äußerung: »Hoffentlich fällt Diana nicht auf diesen ordinären Burschen herein.«

Doch alles sah so aus, als ob Diana auf den ordinären Burschen hereinfallen würde: Die Bücher in Dianas Zimmer verstaubten, wochenlang blieb in der Schreibmaschine ein einziger Bogen eingespannt, auf den nur ein halber Satz geschrieben war: »Als Winckelmann in Rom...«

Ich wurde nur noch hastig gesäubert, und selbst die weltfremde Hurz begann zu ahnen, daß ihr Wiedersehen mit dem Verlobten in Erlangen immer unwahrscheinlicher wurde, denn Diana bekam zwar Briefe aus Erlangen, ließ diese Briefe aber unbeantwortet liegen. Diana wurde seltsam: sie trank – nur zögernd gebe ich dies zu Protokoll – Wein aus mir, und als ich dieses der Hurz abends erzählte, kippte sie fast um und sagte, als sie wieder zu sich kam: »Ich kann unmöglich im Besitz einer Dame bleiben, die es fertigbringt, Wein aus einer Tasse zu trinken.«

Sie wußte nicht, die gute Hurz, wie bald sich ihr Wunsch erfüllen würde: Die Hurz wanderte zu einem Pfandleiher, und Diana nahm den Bogen mit dem angefangenen Satz »Als Winckelmann in Rom…« aus der Maschine und schrieb an Wolfgang.

Später kam ein Brief von Wolfgang, den Diana, während sie aus mir Milch trank, beim Frühstück las, und ich hörte sie flüstern: »Es ging ihm also nicht um mich, nur um die blöde Hurz.« Ich sah noch, daß sie den Pfandschein aus dem Buch ›Einführung in die Archäologie‹ nahm, ihn in einen Briefumschlag steckte – und so darf ich annehmen, daß die gute Hurz inzwischen in Erlangen mit ihrem Bräutigam vereint in der Vitrine steht, und ich bin sicher, daß Wolfgang eine würdige Frau gefunden hat.

Für mich folgten merkwürdige Jahre: Ich fuhr, zusammen mit Julius und Diana, nach Deutschland zurück. Sie hatten beide kein Geld, und ich galt ihnen als kostbarer Besitz, weil man aus mir Wasser trinken konnte, klares schönes Wasser, wie man es aus dem Brunnen der Bahnhöfe trinken kann. Wir fuhren weder nach Erlangen noch nach Frankfurt, sondern nach Hamburg, wo Julius eine Anstellung bei einem Bankhaus angenommen hatte.

Diana war schöner geworden. Julius war blaß – ich aber war wieder mit meiner Mutter und meiner Schwester vereint, und die beiden waren Gott sei Dank etwas zufriedener. Meine Mutter pflegte, wenn wir abends auf dem Küchenherd beieinanderstanden, zu sagen: »Na ja, immerhin Margarine…«, und meine Schwester wurde sogar ein wenig hochnäsig, weil sie als Wurstteller diente; mein Vetter aber, der Eierbecher, machte eine Karriere, wie sie selten einem Eierbecher beschieden ist: er diente als Blumenvase. Gänseblümchen, Butterblumen, winzigen Margeriten diente er als Aufenthalt, und wenn Diana und Julius Eier aßen, stellten sie sie an den Rand der Untertasse.

Julius wurde ruhiger, Diana wurde Mutter – ein Krieg

kam, und ich dachte oft an die Hurz, die sicher wieder im Safe einer Bank lag, und obwohl sie mich oft gekränkt hatte, so hoffte ich doch, sie möge auch im Banksafe mit ihrem Mann vereint sein. Zusammen mit Diana und dem ältesten Kind Johanna verbrachte ich den Krieg in der Lüneburger Heide, und oft hatte ich Gelegenheit, Julius' nachdenkliches Gesicht zu betrachten, wenn er auf Urlaub kam und lange in mir rührte. Diana erschrak oft, wenn Julius so lange im Kaffee rührte, und sie rief: »Was hast du nur – du rührst ja stundenlang im Kaffee.«

Merkwürdig genug, daß sowohl Diana wie Julius vergessen zu haben scheinen, wie lange ich schon bei ihnen bin: sie lassen es zu, daß ich hier draußen friere, nun von einer herumstreunenden Katze wieder gefährdet werde – während drinnen Walter nach mir weint. Walter liebt mich, er hat mir sogar einen Namen gegeben, nennt mich »Trink-wie-Iwans« – ich diene ihm nicht nur als Seifenblasenbasis, diene auch als Futterkrippe für seine Tiere, als Badewanne für seine winzigen Holzpuppen, ich diene ihm zum Anrühren von Farbe, von Kleister... Und ich bin sicher, daß er versuchen wird, mich mit dem neuen Zug, den er geschenkt bekam, zu transportieren.

Walter weint heftig, ich höre ihn, und ich bange um den Familienfrieden, den ich an diesem Abend gewährleistet haben möchte – und doch betrübt es mich, zu erfahren, wie schnell die Menschen alt werden: weiß Julius denn nicht mehr, daß eine henkellose Tasse wichtiger und wertvoller sein kann als eine nagelneue Eisenbahn? Er hat es vergessen: hartnäckig verweigert er Walter, mich wieder hereinzuholen – ich höre ihn schimpfen, höre nicht nur Walter, sondern auch Diana weinen, und daß Diana weint, ist mir schlimm: ich liebe Diana.

Sie war es zwar, die mir den Henkel abbrach; als sie mich einpackte beim Umzug von der Lüneburger Heide nach Hamburg, vergaß sie, mich genügend zu polstern, und so verlor ich meinen Henkel, doch blieb ich wertvoll: damals war selbst eine Tasse ohne Henkel noch wertvoll, und merkwürdig, als es wieder Tassen zu kaufen gab, war es Julius, der mich wegwerfen wollte, aber Diana sagte: »Julius, du willst wirklich die Tasse wegwerfen – diese Tasse?«

Julius errötete, er sagte »Verzeih!« – und so blieb ich am Leben, diente bittere Jahre lang als Topf für Rasierseife, und wir Tassen hassen es, als Rasiertopf zu enden.

Ich ging spät noch eine zweite Ehe ein mit einer Haarnadelbüchse aus Porzellan; diese meine zweite Frau hieß Gertrud, sie war gut zu mir und war weise, und wir standen zwei ganze Jahre lang nebeneinander auf dem Glasbord im Badezimmer.

Es ist dunkel geworden, sehr plötzlich; immer noch weint Walter drinnen, und ich höre, wie Julius von Undankbarkeit spricht – ich kann nur den Kopf schütteln: Wie töricht doch diese Menschen sind! Es ist still hier draußen: Schnee fällt, längst ist die Katze weggeschlichen, doch nun erschrecke ich: Das Fenster wird aufgerissen, Julius ergreift mich, und am Griff seiner Hände spüre ich, wie zornig er ist: wird er mich zerschmettern?

Man muß eine Tasse sein, um zu wissen, wie schrecklich solche Augenblicke sind, wo man ahnt, daß man an die Wand, auf den Boden geworfen werden soll. Doch Diana rettete mich im letzten Augenblick, sie nahm mich aus Julius' Hand, schüttelte den Kopf und sagte leise: »Diese Tasse willst du...« Und Julius lächelte plötzlich, sagte: »Verzeih, ich bin so aufgeregt...«

Längst hat Walter aufgehört zu weinen, längst sitzt Julius mit seiner Zeitung am Ofen, und Walter beobachtet von Julius' Schoß aus, wie die gefrorene Seifenlauge in mir auftaut, er hat den Strohhalm schon herausgezogen – und nun stehe ich, ohne Henkel, fleckig und alt, mitten im Zimmer zwischen den vielen nagelneuen Sachen, und es erfüllt mich mit Stolz, daß ich es war, die den Frieden wiederhergestellt hat, obwohl ich mir wohl Vorwürfe machen müßte, die gewesen zu sein, die ihn störte. Aber ist es meine Schuld, daß Walter mich mehr liebt als seine neue Eisenbahn?

Ich wünsche nur, Gertrud, die vor einem Jahr starb, lebte noch, um Julius' Gesicht zu sehen: es sieht so aus, als habe er etwas begriffen...

Die unsterbliche Theodora

Immer, wenn ich die Bengelmannstraße entlanggehe, muß ich an Bodo Bengelmann denken, dem die Akademie den Rang eines Unsterblichen zuerkannt hat. Auch wenn ich nicht die Bengelmannstraße betrete, denke ich oft an Bodo, aber immerhin: sie geht von Nr. 1 bis 678, führt aus dem Zentrum der Stadt, an den Leuchtreklamen der Bars vorbei bis in ländliche Gefilde, wo die Kühe abends brüllend darauf warten, an die Tränke geführt zu werden. Diese Straße trägt Bodos Namen quer durch die Stadt, in ihr liegt das Pfandhaus, liegt »Beckers billiger Laden«, und ich gehe oft ins Pfandhaus, gehe oft in »Beckers billigen Laden«, oft genug, um an Bodo erinnert zu werden.

Wenn ich dem Beamten des Leihhauses meine Uhr über die Theke schiebe, er die Lupe vor die Augen klemmt, die Uhr taxiert, sie mit einem verächtlichen »Vier Mark« über die Theke zurück auf mich zuschiebt, wenn ich dann genickt, den Zettel unterschrieben, die Uhr wieder über die Theke geschoben habe, wenn ich zur Kasse schlendere und dort warte, bis die Rohrpost meinen Pfandschein herüberbringt, habe ich Zeit genug, an Bodo Bengelmann zu denken, mit dem ich oft genug an dieser Kasse gestanden habe.

Bodo hatte eine alte Remington-Schreibmaschine, auf der er seine Gedichte – mit jeweils vier Durchschlägen – ins reine schrieb. Fünfmal haben wir vergeblich versucht, auf diese Maschine ein Darlehen des städtischen Leihhauses zu bekommen. Die Maschine war zu alt, klapperte und ächzte, und die Verwaltung des Leihhauses blieb hart, vorschriftsmäßig hart. Bodos Großvater, der Eisenhändler, Bodos Vater, der Steuerberater, Bodo selbst, der Lyriker – drei Generationen von Bengelmanns hatten zu oft auf dieser Maschine herumgehämmert, als daß sie eines städtischen Darlehens (monatlich 2%) würdig gewesen wäre.

Jetzt freilich gibt es eine Bengelmann-Gedächtnisstätte,

in der man einen rötlichen zerkauten Federhalter aufbewahrt, der unter Glas liegt, mit der Aufschrift versehen: »Die Feder, mit der Bodo Bengelmann schrieb.«

Tatsächlich hat Bodo nur zwei von seinen fünfhundert Gedichten mit diesem Federhalter geschrieben, den er seiner Schwester Lotte aus dem Ledermäppchen stahl. Die meisten seiner Gedichte schrieb er mit Tintenstift, manche direkt in die Maschine, die wir an einem Tage äußerster Depression für ihren bloßen Schrottwert von sechs Mark achtzig einem Manne verkauften, der Heising hieß und nichts von der unsterblichen Lyrik ahnte, die ihr entquollen war. Heising wohnte in der Humboldtstraße, lebte vom Althandel und ist von Bodo in dem Gedicht ›Kammer des kauzigen Krämers‹ verewigt worden.

So ist Bodos wirkliches Schreibgerät nicht in der Bengelmann-Gedächtnisstätte zu finden, sondern dieser Federhalter, der die Spuren von Lotte Bengelmanns Zähnen zeigt. Lotte selbst hat längst vergessen, daß er ihr gehörte, sie bringt es fertig, heute weinend davor zu stehen, Tränen zu vergießen einer Tatsache wegen, die nie eine gewesen ist. Sie hat ihre kümmerlichen Schulaufsätze damit geschrieben, während Bodo – ich entsinne mich dessen genau – nach dem Verzehr zweier Koteletts, eines Haufens Salat, eines großen Vanillepuddings und zweier Käseschnitten – mit diesem Federhalter ohne abzusetzen die Gedichte: ›Herbstlich zernebeltes Herz‹ und ›Weine, o Woge, weine‹ niederschrieb. Er schrieb seine besten Gedichte mit vollem Magen, war überhaupt gefräßig, wie viele schwermütige Menschen, und hat den Federhalter seiner Schwester nur achtzehn Minuten gebraucht, während seine gesamte lyrische Produktion sich über acht Jahre erstreckte.

Heute lebt Lotte vom lyrischen Ruhm ihres Bruders; sie hat zwar einen Mann geheiratet, der Hosse heißt, nennt sich aber nur »Bodo Bengelmanns Schwester«. Sie war immer gemein. Sie verpetzte Bodo immer, wenn er dichtete, denn Dichten gehörte zu den Dingen, die man bei Bengelmanns für zeitraubend, deshalb überflüssig hielt.

Bodos Qual war groß. Es drängte ihn einfach, war sein Fluch, reine Poesie von sich zu geben. Aber immer, wenn er dichtete, Lotte entdeckte es, ihre kreischende Stimme ertönte im Flur, in der Küche, sie rannte triumphierend in Herrn Bengelmanns Büro, schrie: »Bodo dichtet wieder!« und Herr Bengelmann – ein furchtbar energischer Mensch – rief: »Wo ist das Schwein?« (Der Wortschatz der Bengelmanns war etwas ordinär.) Dann gab es Senge. Bodo, sensibel wie alle Lyriker, wurde am Wickel gepackt, die Treppe hinuntergezerrt und mit dem stählernen Lineal verprügelt, mit dem Herr Bengelmann Striche unter die Kontoauszüge seiner Kunden zog.

Später schrieb Bodo viel bei uns zu Hause, und ich bin Besitzer von fast siebzig unveröffentlichten Bengelmanns, die ich mir als Altersrente aufzubewahren gedenke. Eines dieser Gedichte beginnt »Lotte, du Luder, latentes...« (Bodo gilt als Erneuerer des Stabreims.)

Unter Qualen, völlig verkannt, häufig verprügelt, hat Bodo sein siebzehntes Jahr vollendet, ist in den hohen Genuß der mittleren Reife gekommen und zu einem Tapetenhändler in die Lehre gegeben worden. Die Umstände begünstigten seine lyrische Produktion: der Tapetenhändler lag meistens betrunken unter der Theke, und Bodo schrieb auf die Rückseite von Tapetenmustern.

Einen weiteren Auftrieb erhielt seine Produktion, als er sich in jenes Mädchen verliebte, das er in den ›Liedern für Theodora‹ besungen hat, obwohl sie nicht Theodora hieß.

So wurde Bodo neunzehn, und an einem ersten Dezember investierte er sein ganzes Lehrlingsgehalt von 50,- DM in Porto und schickte dreihundert Gedichte an dreihundert verschiedene Redaktionen, ohne Rückporto beizulegen: eine Kühnheit, die in der gesamten Literaturgeschichte einmalig ist. Vier Monate später – noch keine zwanzig Jahre alt – war er ein berühmter Mann. Einhundertzweiundfünfzig von seinen Gedichten waren gedruckt worden, und der schweißtriefende Geldbriefträger stieg nun jeden Morgen vor dem Bengelmannschen Hause vom

Fahrrad. Das Weitere ist nur eine Multiplikationsaufgabe, bei der man die Anzahl von Bodos Gedichten mit der Anzahl der Zeitungen, dieses Zwischenergebnis mit 40 zu multiplizieren hat.

Leider genoß er nur zwei Jahre seinen Ruhm. Er starb an einem Lachkrampf. Eines Tages gestand er mir: »Ruhm ist nur eine Portofrage« – flüsterte weiter, »ich habe es doch gar nicht so ernst gemeint«, brach in heftiges, immer heftiger werdendes Lachen aus – und verschied. Das waren die einzigen Sätze in gültiger Prosa, die er je äußerte: ich übergebe sie hiermit der Nachwelt.

Nun ist Bodos Ruhm in der Hauptsache begründet worden durch seine ›Lieder an Theodora‹, eine zweihundert Gedichte umfassende Sammlung von Liebeslyrik, die an Inbrunst ihresgleichen noch sucht. Verschiedene Kritiker haben sich schon essayistisch an dem Thema versucht: ›Wer war Theodora?‹, einer identifizierte sie schamlos mit einer zeitgenössischen, noch lebenden Dichterin, bewies es triftig, peinlich genug für die Dichterin, die Bodo nie gesehen hat, nun aber fast gezwungen ist, zuzugeben, daß sie Theodora ist. Aber sie ist es nicht: ich weiß es genau, weil ich Theodora kenne. Sie heißt Käte Barutzki, steht in »Beckers billigem Laden« an Tisch 6, wo sie Schreibwaren verkauft. Auf Papier aus »Beckers billigem Laden« sind Bodos sämtliche Gedichte ins reine geschrieben; oft genug habe ich mit ihm am Tisch dieser Käte Barutzki gestanden, die übrigens eine reizende Person ist: sie ist blond, lispelt ein wenig, hat von höherer Literatur keine Ahnung und liest abends in der Straßenbahn »Beckers billige Bücher«, die den Angestellten zum Vorzugspreis verkauft werden. Auch Bodo wußte von dieser Lektüre; es tat seiner Liebe nicht den geringsten Abbruch. Oft haben wir vor dem Laden gestanden, haben Käte aufgelauert, sind ihr gefolgt, an Sommerabenden, in herbstlichem Nebel sind wir diesem Mädchen nachgeschlichen, bis in den Vorort, in dem sie heute noch wohnt. Schade, daß Bodo zu schüchtern war, sie jemals anzusprechen. Er brachte es nicht fertig, obwohl die Flamme heftig in ihm brannte. Auch als er berühmt war, das Geld nur so floß, kaufte er immer in »Beckers billigem Laden«, um nur oft dieses hübsche Mädchen zu sehen, die kleine Käte Barutzki, die lächelte und lispelte wie eine Göttin. Daher kommt so oft in den ›Liedern für Theodora‹ die Wendung »zaubrischer Zungenschlag, zahmer...« vor.

Bodo schickte ihr auch oft anonyme Briefe mit Gedichten, aber ich muß annehmen, daß diese Lyrik im Ofen der Barutzkis gelandet beziehungsweise gestrandet ist, wenn man mir als schlichtem Epiker ein schlichtes Bild gestatten will.

Noch oft gehe ich abends zu »Beckers billigem Laden«, und ich habe festgestellt, daß Käte neuerdings von einem jungen Mann abgeholt wird, der offenbar weniger schüchtern als Bodo und – seiner Kleidung nach zu urteilen – Autoschlosser ist. Ich könnte mich dem Forum der Literaturgeschichte stellen, könnte beweisen, daß diese Käte mit Bodo Bengelmanns Theodora identisch ist. Aber ich tue es nicht, weil ich um Kätes Wohl, das Glück des Autoschlossers zittere. Nur manchmal gehe ich zu ihr, wühle in Flitterpapier, krame in »Beckers billigen Büchern«, suche mir einen Radiergummi aus, blicke Käte an und spüre, wie der Atem der Geschichte mich anweht.

Die Postkarte

Niemand von denen, die mich kennen, begreift die Sorgfalt, mit der ich einen Papierfetzen aufbewahre, der völlig wertlos ist, lediglich die Erinnerung an einen bestimmten Tag meines Lebens wachhält und mich in den Ruf einer Sentimentalität bringt, die man meines Bildungsgrades für unwürdig hält: Ich bin Prokurist einer Textilfirma. Doch ich wehre mich gegen den Vorwurf der Sentimentalität und versuche immer wieder, diesem Papierfetzen dokumentarischen Wert zuzusprechen. Es ist ein winziges, rechteckiges Stück einfachen Papiers, das zwar das Ausmaß, nicht aber das Format einer Briefmarke hat, es ist schmäler und länger als eine solche, und obwohl es von der Post stammt, hat es nicht den geringsten Sammelwert: Es ist mit einem kräftigen Rot umrandet, durch einen weiteren roten Querstrich in zwei Rechtecke verschiedener Größe geteilt, und im kleineren dieser Rechtecke steht ein fettes schwarzgedrucktes R, im größeren schwarzgedruckt »Düsseldorf« und eine Zahl – die Zahl 634. Das ist alles, und das Papierstückchen ist vergilbt, fast schon verschlissen, und nun, da ich es genau beschrieben habe, entschließe ich mich, es wegzuwerfen: ein einfaches Einschreibe-Etikett, wie jede Postanstalt sie täglich rollenweise verklebt.

Aber dieses Papierstückchen erinnert mich an einen Tag meines Lebens, der wirklich unvergeßlich ist, obwohl man vielfach versucht hat, ihn aus meiner Erinnerung zu streichen. Doch mein Gedächtnis funktioniert zu gut.

Zuerst, wenn ich an diesen Tag denke, rieche ich Vanillepudding, eine warme und süße Wolke, die unter meiner Schlafzimmertür hereinkroch und mich an das gute Herz meiner Mutter gemahnte: Ich hatte sie gebeten, mir an meinem ersten Urlaubstag Vanilleeis zu machen, und als ich wach wurde, roch ich es.

Es war halb elf. Ich steckte mir eine Zigarette an, schob das Kopfkissen hoch und malte mir aus, wie ich den Nachmittag verbringen würde. Ich wollte schwimmen gehen; nach dem Essen würde ich ins Strandbad fahren, würde ein bißchen schwimmen, lesen, rauchen und auf eine kleine Kollegin warten, die versprochen hatte, nach fünf ins Strandbad zu kommen.

In der Küche klopfte meine Mutter Fleisch, und wenn sie für einen Augenblick aussetzte, hörte ich, daß sie etwas vor sich hinsummte. Es war ein Kirchenlied. Ich war sehr glücklich. Am Tage vorher hatte ich die Gehilfenprüfung bestanden, ich hatte eine gute Stelle in einer Textilfabrik, eine Stelle mit Aufstiegsmöglichkeiten – aber jetzt hatte ich Urlaub, vierzehn Tage Urlaub, und es war Sommer. Draußen war es heiß, aber ich hatte Hitze damals noch gern: durch die Spalten in den Läden sah ich draußen das, was man uns Glast zu nennen gelehrt hat; ich sah das Grün der Bäume vor unserem Haus, hörte die Straßenbahn. Und ich freute mich auf das Frühstück. Dann kam die Mutter, um an meiner Tür zu horchen; sie ging durch die Diele, blieb vor meiner Tür stehen, und es war einen Augenblick still in unserer Wohnung, und ich wollte gerade »Mutter« rufen, da klingelte es. Meine Mutter ging zur Tür, und ich hörte unten dieses merkwürdig helle Brummen des Summers, vier-, fünf-, sechsmal brummte er, und meine Mutter sprach draußen mit Frau Kurz, die neben uns wohnte. Dann kam eine Männerstimme, und ich wußte sofort, daß es der Briefträger war, obwohl ich ihn nur selten gehört hatte. Der Briefträger kam in unseren Flur, meine Mutter sagte: »Was?«, und der Briefträger sagte: »Hier – unterschreiben Sie bitte.« Dann war es einen Augenblick sehr still, der Briefträger sagte: »Danke schön«, meine Mutter warf die Tür hinter ihm zu, und ich hörte, daß sie in die Küche zurückging.

Kurz danach stand ich auf und ging ins Badezimmer. Ich rasierte mich, wusch mich lange und gründlich, und als ich den Wasserhahn abstellte, hörte ich, daß meine Mutter angefangen hatte, den Kaffee zu mahlen. Es war wie sonntags, nur daß ich an diesem Tage nicht in der Kirche gewesen war.

Niemand wird es mir glauben, aber mein Herz war mir plötzlich schwer. Ich weiß nicht, warum, aber es war schwer. Ich hörte die Kaffeemühle nicht mehr. Ich trocknete mich ab, zog Hemd und Hose an, Strümpfe und Schuhe, kämmte mich und ging ins Wohnzimmer. Blumen standen auf dem Tisch, schöne rosa Nelken, es war alles sauber gedeckt, und auf meinem Teller lag eine rote Packung Zigaretten.

Dann kam die Mutter mit der Kaffeekanne aus der Küche, und ich sah sofort, daß sie geweint hatte. Sie hielt in der einen Hand die Kaffeekanne, in der anderen ein kleines Päckchen Post, und ihre Augen waren gerötet. Ich ging ihr entgegen, nahm ihr die Kanne aus der Hand, küßte sie auf die Wange und sagte: »Guten Morgen.« Sie blickte mich an, sagte: »Guten Morgen, hast du gut geschlafen?« Dabei versuchte sie zu lächeln, aber es gelang ihr nicht.

Wir setzten uns, meine Mutter goß Kaffee ein, und ich öffnete die rote Packung, die auf meinem Teller lag, und steckte eine Zigarette an. Ich hatte plötzlich keinen Appetit mehr. Ich rührte Milch und Zucker im Kaffee um, versuchte die Mutter anzusehen, aber ich senkte immer wieder schnell den Blick. »Ist Post gekommen?« fragte ich, obwohl es sinnlos war, denn die rote kleine Hand der Mutter ruhte auf dem kleinen Päckchen, auf dem zuoberst die Zeitung lag.

»Ja«, sagte sie und schob mir den Packen zu. Ich schlug die Zeitung auf, während meine Mutter anfing, mir ein Butterbrot zu schmieren. Auf dem Titelblatt der Zeitung stand als Schlagzeile: »Fortgesetzte Schikanen gegen Deutsche im Korridor!« Ähnliches stand schon seit Wochen auf den Titelblättern der Zeitungen. Berichte von dem Geknalle an der polnischen Grenze und von den Flüchtlingen, die die Sphäre polnischen Haders verließen und ins Reich flüchteten. Ich legte die Zeitung weg. Dann las ich den Prospekt einer Weinfirma, die uns manchmal beliefert hatte, als Vater noch lebte. Irgendwelche Rieslinge wurden äußerst wohlfeil angeboten. Ich legte auch den Prospekt weg.

Inzwischen hatte meine Mutter das Butterbrot fertig, legte es mir auf den Teller und sagte: »Iß doch was!« Sie brach in heftiges Schluchzen aus. Ich brachte es nicht über mich, sie anzusehen. Ich kann keinen Menschen ansehen, der wirklich leidet – aber ich begriff jetzt erst, daß es irgend etwas mit der Post sein mußte. Die Post mußte es sein. Ich drückte die Zigarette aus, biß in mein Butterbrot und nahm den nächsten Brief, und als ich ihn aufhob, sah ich, daß darunter noch eine Postkarte lag. Aber den Einschreibezettel hatte ich nicht gesehen, diesen winzigen Papierfetzen, den ich heute noch aufbewahre und der mich in den Ruf der Sentimentalität bringt. So las ich erst den Brief. Der Brief war von Onkel Edi. Onkel Edi schrieb, daß er endlich nach langen Assessorjahren Studienrat geworden war, aber er hatte sich in ein kleines Hunsrücknest versetzen lassen müssen; es war finanziell kaum eine Verbesserung, weil er nun in die miserabelste Ortsklasse geraten war. Und seine Kinder hatten Keuchhusten gehabt, und alles kotze ihn an, schrieb er, wir wüßten ja warum. Wir wußten warum, und auch uns kotzte es an. Es kotzte viele an.

Als ich nach der Postkarte greifen wollte, sah ich, daß sie weg war. Meine Mutter hatte sie genommen, hielt sie sich vor die Augen, und ich starrte auf mein angebissenes Butterbrot, rührte in meinem Kaffee und wartete. Ich vergesse das nicht. Meine Mutter hatte nur einmal so schrecklich geweint: als mein Vater gestorben war, und auch damals hatte ich nicht gewagt, sie anzusehen. Eine Scheu, für die ich keinen Namen kannte, hatte mich davon abgehalten, sie zu trösten.

Ich versuchte, in das Butterbrot zu beißen, aber es würgte mir im Halse, denn ich hatte plötzlich begriffen, daß es nur etwas sein konnte, das mich betraf, was die

Mutter so außer Fassung bringen konnte. Die Mutter sagte irgend etwas, was ich nicht verstand, und gab mir die Karte, und jetzt sah ich das Einschreibe-Etikett: Dieses rotumrandete Rechteck, das durch einen roten Strich in zwei weitere Rechtecke geteilt war, von denen das kleinere ein fettes schwarzes R und das größere das Wort »Düsseldorf« und die Zahl 634 enthielt. Sonst war die Postkarte ganz normal, sie war an mich adressiert, und auf der Rückseite stand: »Herrn Bruno Schneider! Sie haben sich am 5. 8. 39 in der Schlieffen-Kaserne in Adenbrück zu einer achtwöchigen Übung einzufinden.« Die Worte Bruno Schneider, das Datum und Adenbrück waren getippt, alles andere war vorgedruckt, und darunter war irgendein Kritzler und dann gedruckt das Wort »Major«.

Heute weiß ich, daß der Kritzler überflüssig war. Eine Majorsunterschriftsmaschine würde denselben Dienst tun. Wichtig war nur der aufgeklebte kleine Zettel, für den meine Mutter eine Quittung hatte unterschreiben müssen.

Ich legte meine Hand auf den Arm meiner Mutter und sagte: »Mein Gott, nur für acht Wochen.« Und meine Mutter sagte: »Ach ja.«

»Nur acht Wochen«, sagte ich, und ich wußte, daß ich log, und meine Mutter trocknete die Tränen, sagte: »Ja, natürlich«, und wir logen beide, ohne zu wissen, warum wir logen. Wir konnten gar nicht ahnen, daß wir logen, aber wir taten es und wußten darum.

Ich griff wieder zu meinem Butterbrot, und da fiel mir ein, daß schon der Vierte war, und daß ich anderen Tags um zehn Uhr dreihundert Kilometer östlich sein mußte. Ich spürte, daß ich blaß wurde, legte das Brot wieder hin und stand auf, ohne auf die Mutter zu achten. Ich ging in mein Zimmer. Ich stand an meinem Schreibtisch, zog die Schublade heraus, schob sie wieder hinein. Ich blickte rund, spürte, daß etwas geschehen war, und wußte nicht was. Das Zimmer gehörte mir nicht mehr. Das war alles. Heute weiß ich es, aber damals tat ich sinnlose Dinge, um mich meines Besitzes über dieses Zimmer zu vergewissern.

Es war nutzlos, daß ich in dem Karton mit den Briefen herumkramte, meine Bücher zurechtrückte. Ehe ich wußte, was ich tat, hatte ich angefangen, meine Aktentasche zu füllen: mit Hemd, Unterhose, Handtuch und Socken, und ich ging ins Badezimmer, um mein Rasierzeug zu holen. Die Mutter saß noch immer am Frühstückstisch. Sie weinte nicht mehr. Mein angebissenes Butterbrot lag noch da, Kaffee war noch in meiner Tasse, und ich sagte zu meiner Mutter: »Ich gehe bei Gießelbachs anrufen, wann ich fahren muß.«

Als ich von Gießelbachs kam, läutete es zwölf. Es roch nach Braten und Blumenkohl in unserer Diele, und die Mutter hatte angefangen, in einem Sack Eis kleinzuschlagen, um es in unsere kleine Eismaschine zu füllen.

Mein Zug fuhr um acht abends, und ich würde morgens gegen sechs in Adenbrück sein. Bis zum Bahnhof war es nur eine Viertelstunde Weg, aber ich ging schon um drei Uhr aus dem Haus. Ich belog meine Mutter, die nicht wußte, wie lange man bis Adenbrück fahren mußte.

Diese drei Stunden, die ich noch zu Hause blieb, sind mir in der Erinnerung schlimmer und kommen mir länger vor als die ganze Zeit, die ich später weg war, und es war eine lange Zeit. Ich weiß nicht, was wir taten. Das Essen schmeckte uns nicht. Die Mutter brachte bald den Braten, den Blumenkohl, die Kartoffeln und das Vanilleeis in die Küche zurück. Dann tranken wir den Kaffee, der noch vom Frühstück her unter einer gelben Kaffeemütze stand, und ich rauchte Zigaretten, und hin und wieder wechselten wir ein paar Worte. »Acht Wochen«, sagte ich, und meine Mutter sagte: »Ja, ja – ja, natürlich«, und sie weinte nicht mehr. Drei Stunden lang logen wir uns an, bis ich es nicht mehr aushielt. Die Mutter segnete mich, küßte mich auf die Wangen, und als ich die Haustür hinter mir schloß, wußte ich, daß sie weinte.

Ich ging zum Bahnhof. Am Bahnhof war Hochbetrieb. Es war Ferienzeit: braungebrannte fröhliche Menschen liefen dort herum. Ich trank ein Bier im Wartesaal und entschloß mich gegen halb vier, die kleine Kollegin anzurufen, mit der ich mich im Strandbad hatte treffen wollen.

Während ich die Nummer wählte, die durchlöcherte Nickelscheibe immer wieder – fünfmal – in ihre Ruhelage zurückrastete, bereute ich es fast schon, aber ich wählte auch die sechste Zahl, und als ihre Stimme fragte: »Wer ist da?« schwieg ich erst einen Augenblick, dann sagte ich langsam: »Bruno« und: »Kannst du kommen? Ich muß weg – zum Kommiß.«

»Gleich?« fragte sie.

»Ja.«

Sie überlegte einen Augenblick, und ich hörte im Telefon die Stimmen der anderen, die offenbar Geld einsammelten, um Eis zu holen.

»Gut«, sagte sie, »ich komme. Zum Bahnhof?«

»Ja«, sagte ich.

Sie kam sehr schnell zum Bahnhof, und ich weiß heute noch nicht, obwohl sie doch schon seit zehn Jahren meine Frau ist, heute weiß ich noch nicht, ob ich dieses Telefongespräch bereuen soll. Immerhin hat sie meine Stelle bei der Firma offengehalten, hat meinen erloschenen Ehrgeiz, als ich nach Hause kam, wieder zum Leben erweckt, und im Grunde verdanke ich ihr, daß die Aufstiegsmöglichkeiten, die meine Stelle damals bot, sich jetzt als real erwiesen haben.

Aber auch bei ihr blieb ich damals nicht so lange, wie ich hätte bleiben können. Wir gingen ins Kino, und in diesem leeren, sehr heißen und dunklen Kinosaal küßte ich sie, obwohl ich wenig Lust dazu hatte. Ich küßte sie oft, und ich ging schon um sechs auf den Bahnsteig, obwohl ich bis acht Zeit gehabt hätte. Auf dem Bahnsteig küßte ich sie noch einmal und stieg in irgendeinen Zug, der östlich fuhr.

Seitdem kann ich keine Strandbäder mehr sehen, ohne Schmerz zu verspüren: Die Sonne, das Wasser und die

Lustigkeit der Leute kommen mir falsch vor, und ich ziehe es vor, bei Regenwetter allein durch die Stadt zu schlendern und in ein Kino zu gehen, wo ich niemanden mehr küssen muß. Meine Aufstiegsmöglichkeiten bei der Firma sind noch nicht erschöpft. Ich könnte Direktor werden, und wahrscheinlich werde ich es, nach dem Gesetz einer paradoxen Trägheit. Denn man ist überzeugt, daß ich an der Firma hänge und etwas für sie tun werde. Aber ich hänge nicht an ihr und denke nicht daran, etwas für sie zu tun...

Mit großer Nachdenklichkeit habe ich sehr oft dieses Einschreibe-Etikett betrachtet, das meinem Leben eine sehr plötzliche Wendung gegeben hat. Und wenn im Sommer die Gehilfenprüfungen stattfinden und unsere Lehrlinge nachher strahlenden Gesichtes zu mir kommen, um sich gratulieren zu lassen, bin ich verpflichtet, ihnen eine kleine Rede zu halten, in der das Wort »Aufstiegsmöglichkeiten« eine traditionelle Rolle spielt.

Bekenntnis eines Hundefängers

Nur zögernd bekenne ich mich zu einem Beruf, der mich zwar ernährt, mich aber zu Handlungen zwingt, die ich nicht immer reinen Gewissens vornehmen kann: Ich bin Angestellter des Hundesteueramtes und durchwandere die Gefilde unserer Stadt, um unangemeldete Beller aufzuspüren. Als friedlicher Spaziergänger getarnt, rundlich und klein, eine Zigarre mittlerer Preislage im Mund, gehe ich durch Parks und stille Straßen, lasse mich mit Leuten, die Hunde spazierenführen, in ein Gespräch ein, merke mir ihre Namen, ihre Adresse, kraule freundlich tuend dem Hund den Hals, wissend, daß er demnächst fünfzig Mark einbringen wird.

Ich kenne die angemeldeten Hunde, rieche es gleichsam, spüre es, wenn ein Köter reinen Gewissens an einem Baum steht und sich erleichtert. Mein besonderes Interesse gilt trächtigen Hündinnen, die der freudigen Geburt zukünftiger Steuerzahler entgegensehen: ich beobachte sie, merke mir genau den Tag des Wurfes und überwache, wohin die Jungen gebracht werden, lasse sie ahnungslos groß werden bis zu jenem Stadium, wo niemand sie mehr zu ertränken wagt – und überliefere sie dann dem Gesetz. Vielleicht hätte ich einen anderen Beruf erwählen sollen, denn ich habe Hunde gern, und so befinde ich mich dauernd im Zustand der Gewissensqual: Pflicht und Liebe streiten sich in meiner Brust, und ich gestehe offen, daß manchmal die Liebe siegt. Es gibt Hunde, die ich einfach nicht melden kann, bei denen ich – wie man so sagt – beide Augen zudrücke. Besondere Milde beseelt mich jetzt, zumal mein eigener Hund auch nicht angemeldet ist: ein Bastard, den meine Frau liebevoll ernährt, liebstes Spielzeug meiner Kinder, die nicht ahnen, welch ungesetzlichem Wesen sie ihre Liebe schenken.

Das Leben ist wirklich riskant. Vielleicht sollte ich vorsichtiger sein; aber die Tatsache, bis zu einem gewissen Grade Hüter des Gesetzes zu sein, stärkt mich in der Gewißheit, es permanent brechen zu dürfen. Mein Dienst ist hart: ich hocke stundenlang in dornigen Gebüschen der Vorstadt, warte darauf, daß Gebell aus einem Behelfsheim dringt oder wildes Gekläff aus einer Baracke, in der ich einen verdächtigen Hund vermute. Oder ich ducke mich hinter Mauerreste und lauere einem Fox auf, von dem ich weiß, daß er nicht Inhaber einer Karteikarte, Träger einer Kontonummer ist. Ermüdet, beschmutzt, kehre ich dann heim, rauche meine Zigarre am Ofen und kraule unserem Pluto das Fell, der mit dem Schwanz wedelt und mich an die Paradoxie meiner Existenz erinnert.

So wird man begreifen, daß ich sonntags einen ausgiebigen Spaziergang mit Frau und Kindern und Pluto zu schätzen weiß, einen Spaziergang, auf dem ich mich für Hunde gleichsam nur platonisch zu interessieren brauche, denn sonntags sind selbst die unangemeldeten Hunde der Beobachtung entzogen.

Nur muß ich in Zukunft einen anderen Weg bei unseren Spaziergängen wählen, denn schon zwei Sonntage hintereinander bin ich meinem Chef begegnet, der jedesmal stehenbleibt, meine Frau, meine Kinder begrüßt und unserem Pluto das Fell krault. Aber merkwürdigerweise: Pluto mag ihn nicht, er knurrt, setzt zum Sprung an, etwas, das mich im höchsten Grade beunruhigt, mich jedesmal zu einem hastigen Abschied veranlaßt und das Mißtrauen meines Chefs wachzurufen beginnt, der stirnrunzelnd die Schweißtropfen betrachtet, die sich auf meiner Stirn sammeln.

Vielleicht hätte ich Pluto anmelden sollen, aber mein Einkommen ist gering – vielleicht hätte ich einen anderen Beruf ergreifen sollen, aber ich bin fünfzig, und in meinem Alter wechselt man nicht mehr gern: jedenfalls wird mein Lebensrisiko zu permanent, und ich würde Pluto anmelden, wenn es noch ginge. Aber es geht nicht mehr: In leichtem Plauderton hat meine Frau dem Chef berichtet, daß wir das Tier schon drei Jahre besitzen, daß es mit der Familie verwachsen sei, unzertrennlich von den Kindern – und ähnliche Scherze, die es mir unmöglich machen, Pluto jetzt noch anzumelden.

Vergebens versuche ich, meiner inneren Gewissensqual Herr zu werden, indem ich meinen Diensteifer verdoppele: es nützt mir alles nichts: ich habe mich in eine Situation begeben, aus der mir kein Ausweg möglich erscheint. Zwar soll man dem Ochsen, der da drischt, das Maul nicht verbinden, aber ich weiß nicht, ob mein Chef elastischen Geistes genug ist, Bibeltexte gelten zu lassen. Ich bin verloren, und manche werden mich für einen Zyniker halten, aber wie soll ich es nicht werden, da ich dauernd mit Hunden zu tun habe...

Erinnerungen eines jungen Königs

Als ich dreizehn Jahre alt war, wurde ich zum König von Capota ausgerufen. Ich saß gerade in meinem Zimmer und war damit beschäftigt, aus einem »Nicht genügend« unter einem Aufsatz das »Nicht« wegzuradieren. Mein Vater, Pig Gi I. von Capota, war für vier Wochen ins Gebirge zur Jagd, und ich sollte ihm meinen Aufsatz mit dem königlichen Eilkurier nachsenden. So rechnete ich mit der schlechten Beleuchtung in Jagdhütten und radierte eifrig, als ich plötzlich vor dem Palast heftiges Geschrei hörte: »Es lebe Pig Gi der Zweite!«

Kurz darauf kam mein Kammerdiener ins Zimmer gestürzt, warf sich auf der Türschwelle nieder und flüsterte hingebungsvoll: »Majestät geruhen bitte, mir nicht nachzutragen, daß ich Majestät damals wegen Rauchens dem Herrn Ministerpräsidenten gemeldet habe.«

Die Untertänigkeit des Kammerdieners war mir widerwärtig, ich wies ihn hinaus und radierte weiter. Mein Hauslehrer pflegte mit rotem Tintenstift zu zensieren. Ich hatte gerade ein Loch ins Heft radiert, als ich wieder unterbrochen wurde: der Ministerpräsident trat ein, kniete an der Tür nieder und rief: »Hoch, Pig Gi der Zweite, dreimal hoch!« Er setzte hinzu: »Majestät, das Volk wünscht Sie zu sehen.«

Ich war sehr verwirrt, legte den Radiergummi beiseite, klopfte mir den Schmutz von den Händen und fragte: »Warum wünscht das Volk mich zu sehen?«

»Weil Sie König sind.«

»Seit wann?«

»Seit einer halben Stunde. Ihr allergnädigster Herr Vater wurde auf der Jagd von einem Rasac erschossen.« (Rasac ist die Abkürzung für »Rasante Sadisten Capotas«.)

»Oh, diese Rasac!« rief ich. Dann folgte ich dem Ministerpräsidenten und zeigte mich vom Balkon aus dem

Volk. Ich lächelte, schwenkte die Arme und war sehr verwirrt.

Diese spontane Kundgebung dauerte zwei Stunden. Erst gegen Abend, als es dunkel wurde, zerstreute sich das Volk; als Fackelzug kam es einige Stunden später wieder am Palast vorbei.

Ich ging in meine Zimmer zurück, zerriß das Aufsatzheft und streute die Fetzen in den Innenhof des Königspalastes. Dort wurden sie – wie ich später erfuhr – von Andenkensammlern aufgehoben und in fremde Länder verkauft, wo man heute die Beweise meiner Schwäche in Rechtschreibung unter Glas aufbewahrt.

Es folgten nun anstrengende Monate. Die Rasac versuchten zu putschen, wurden aber von den Misac (»Milde Sadisten Capotas«) und vom Heer unterdrückt. Mein Vater wurde beerdigt, und ich wurde in der Kathedrale von Capota gekrönt. Ich mußte an den Parlamentssitzungen teilnehmen und Gesetze unterschreiben – aber im großen Ganzen gefiel mir das Königtum, weil ich meinem Hauslehrer gegenüber nun andere Methoden anwenden konnte.

Fragte er mich im mündlichen Unterricht: »Geruhen Eure Majestät, mir aufzusagen, welche Regeln es bezüglich der Behandlung unechter Brüche gibt?« Dann sagte ich: »Nein, ich geruhe nicht«, und er konnte nichts machen. Sagte er: »Würden Eure Majestät es untragbar finden, wenn ich Eure Majestät bäte, mir – etwa drei Seiten lang – aufzuschreiben, welches die Motive des Tell waren, als er Geßler ermordete?« Dann sagte ich: »Ja, ich würde es untragbar finden« –, und ich forderte ihn auf, mir die Motive des Tell aufzuzählen.

So erlangte ich fast mühelos eine gewisse Bildung, verbrannte sämtliche Schulbücher und Hefte und gab mich meinen eigentlichen Leidenschaften hin, ich spielte Ball, warf mit meinem Taschenmesser nach der Türfüllung, las Kriminalromane und hielt lange Konferenzen ab mit dem Leiter des Hofkinos. Ich ordnete an, daß alle meine Lieblingsfilme angeschafft würden, und trat im Parlament für eine Schulreform ein.

Es war eine herrliche Zeit, obwohl mich die Parlaments-sitzungen ermüdeten. Es gelang mir, nach außen hin den schwermütigen jugendlichen König zu markieren, und ich verließ mich ganz auf den Ministerpräsidenten Pelzer, der ein Freund meines Vaters und ein Vetter meiner verstorbenen Mutter gewesen war.

Aber nach drei Monaten forderte Pelzer mich auf, zu heiraten. Er sagte: »Sie müssen dem Volke Vorbild sein, Majestät.« Vor dem Heiraten hatte ich keine Angst, schlimm war nur, daß Pelzer mir seine elfjährige Tochter Jadwiga antrug, ein dünnes kleines Mädchen, das ich oft im Hof Ball spielen sah. Sie galt als doof, machte schon zum zweiten Male die fünfte Klasse durch, war blaß und sah tückisch aus. Ich bat mir von Pelzer Bedenkzeit aus, wurde nun wirklich schwermütig, lag stundenlang im Fenster meines Zimmers und sah Jadwiga zu, die Ball oder Hüpfen spielte. Sie war etwas netter angezogen, blickte hin und wieder zu mir hinauf und lächelte. Aber ihr Lächeln kam mir künstlich vor.

Als die Bedenkzeit um war, trat Pelzer in Galauniform vor mich: er war ein mächtiger Mann mit gelbem Gesicht, schwarzem Bart und funkelnden Augen. »Geruhen Eure Majestät«, sagte er, »mir Ihre Entscheidung mitzuteilen. Hat mein Kind Gnade vor Ihrer Majestät Augen gefunden?« Als ich schlankweg »Nein« sagte, geschah etwas Schreckliches: Pelzer riß sich die Epauletten von der Schulter, die Tressen von der Brust, warf mir sein Portefeuille – es war aus Kunstleder – vor die Füße, raufte sich den Bart und schrie: »Das also ist die Dankbarkeit capotischer Könige!«

Ich war in einer peinlichen Situation. Ohne Pelzer war ich verloren. Kurz entschlossen sagte ich: »Ich bitte Sie um Jadwigas Hand.«

Pelzer stürzte vor mir nieder, küßte mir inbrünstig die Fußspitzen, hob Epauletten, Tressen und das Portefeuille aus Kunstleder wieder auf.

Wir wurden in der Kathedrale von Huldebach getraut. Das Volk bekam Bier und Wurst, es gab pro Kopf acht Zigaretten und auf meine persönliche Anregung hin zwei Freifahrtscheine für die Karussells; acht Tage lang umbrandete Lärm den Palast.

Ich half nun Jadwiga bei den Aufgaben, wir spielten Ball, spielten Hüpfen, ritten gemeinsam aus und bestellten uns, sooft wir Lust hatten, Marzipan aus der Hofkonditorei oder gingen ins Hofkino. Das Königtum gefiel mir immer noch – aber ein schwerer Zwischenfall beendete endgültig meine Karriere.

Als ich vierzehn wurde, wurde ich zum Oberst und Kommandeur des 8. Reiterregiments ernannt. Jadwiga wurde Major. Wir mußten hin und wieder die Front des Regiments abreiten, an Kasinoabenden teilnehmen und an jedem hohen Feiertage Orden an die Brust verdienter Soldaten heften. Ich selbst bekam eine Menge Orden. Aber dann geschah die Geschichte mit Poskopek.

Poskopek war ein Soldat der vierten Schwadron meines Regiments, der an einem Sonntagabend desertierte, um einer Zirkusreiterin über die Landesgrenze zu folgen. Er wurde gefangen, in Arrest gebracht und von einem Kriegsgericht zum Tode verurteilt. Ich sollte als Regimentskommandeur das Urteil unterschreiben, aber ich schrieb einfach darunter: Wird zu vierzehn Tagen Arrest begnadigt, Pig Gi II.

Diese Notiz hatte schreckliche Folgen: Die Offiziere meines Regiments rissen sich alle ihre Epauletten von den Schultern, die Tressen und Orden von der Brust und ließen sie von einem jungen Leutnant in meinem Zimmer verstreuen. Die ganze capotische Armee schloß sich der Meuterei an, und am Abend des Tages war mein ganzes Zimmer mit Epauletten, Tressen und Orden angefüllt: es sah schrecklich aus.

Zwar jubelte das Volk mir zu, aber in der Nacht schon verkündete mir Pelzer, daß die ganze Armee zu den Rasac übergegangen sei. Es knallte, es schoß, und das wilde

Hämmern von Maschinengewehren zerriß die Stille um den Palast. Zwar hatten die Misac mir eine Leibwache geschickt, aber Pelzer ging im Laufe der Nacht zu den Rasac über, und ich war gezwungen, mit Jadwiga zu fliehen. Wir rafften Kleider, Banknoten und Schmuck zusammen, die Misac requirierten eine Taxe, wir erreichten mit knapper Not den Grenzbahnhof des Nachbarlandes, sanken erschöpft in ein Schlafwagenabteil zweiter Klasse und fuhren westwärts.

Über die Grenze Capotas herüber erklang Geknalle, wildes Geschrei, die ganze schreckliche Musik des Aufruhrs.

Wir fuhren vier Tage und stiegen in einer Stadt aus, die Wickelheim hieß: Wickelheim – dunkle Erinnerungen aus meinem Geographieunterricht sagten es mir – war die Hauptstadt des Nachbarlandes.

Inzwischen hatten Jadwiga und ich Dinge kennengelernt, die wir zu schätzen begannen: den Geruch der Eisenbahn, bitter und würzig, den Geschmack von Würstchen auf wildfremden Bahnhöfen; ich durfte rauchen, soviel ich wollte, und Jadwiga begann aufzublühen, weil sie von der Last der Schulaufgaben befreit war.

Am zweiten Tag unseres Aufenthaltes in Wickelheim wurden überall Plakate aufgeklebt, die unsere Aufmerksamkeit erregten: »*Zirkus Hunke* – die berühmte Reiterin Hula mit ihrem Partner Jürgen Poskopek.« Jadwiga war ganz aufgeregt, sie sagte: »Pig Gi, denke an unsere Existenz, Poskopek wird dir helfen.«

In unserem Hotel kam stündlich ein Telegramm aus Capota an, das den Sieg der Misac verkündete, die Erschießung Pelzers, eine Reorganisation der Militärs. Der neue Ministerpräsident – er hieß Schmidt und war Anführer der Misac – bat mich zurückzukehren, die stählerne Krone der Könige von Capota aus den Händen des Volkes wieder aufzunehmen.

Einige Tage lang zögerte ich, aber letzten Endes siegte doch Jadwigas Angst vor den Schulaufgaben, ich ging zum

Zirkus Hunke, fragte nach Poskopek und wurde von ihm mit stürmischer Freude begrüßt: »Retter meines Lebens«, rief er, in der Tür seines Wohnwagens stehend, aus, »was kann ich für Sie tun?« – »Verschaffen Sie mir eine Existenz«, sagte ich schlicht.

Poskopek war rührend: er verwandte sich für mich bei Herrn Hunke, und ich verkaufte zuerst Limonade, dann Zigaretten, später Goulasch im Zirkus Hunke. Ich bekam einen Wohnwagen und wurde nach kurzer Frist Kassierer. Ich nahm den Namen Tückes an, Wilhelm Tückes, und wurde seitdem mit Telegrammen aus Capota verschont.

Man hält mich für tot, für verschollen, während ich mit der immer mehr aufblühenden Jadwiga im Wohnwagen des Zirkus Hunke die Lande durchziehe. Ich rieche fremde Länder, sehe sie, erfreue mich des großen Vertrauens, das Herr Hunke mir entgegenbringt. Und wenn nicht Poskopek mich hin und wieder besuchte und mir von Capota erzählte, wenn nicht Hula, die schöne Reiterin, seine Frau, mir immer wieder versicherte, daß ihr Mann mir sein Leben verdankt, dann würde ich überhaupt nicht mehr daran denken, daß ich einmal König war.

Aber neulich habe ich einen wirklichen Beweis meines früheren königlichen Lebens entdeckt. Wir hatten ein Gastspiel in Madrid, und ich schlenderte morgens mit Jadwiga durch die Stadt, als ein großes graues Gebäude mit der Aufschrift »National-Museum« unsere Aufmerksamkeit erregte. »Laß uns dort hineingehen«, sagte Jadwiga, und wir gingen hinein in dieses Museum, in einen der großen abgelegenen Säle, über dem ein Schild »Handschriften« hing.

Ahnungslos sahen wir uns die Handschriften verschiedener Staatspräsidenten und Könige an, bis wir an einen Glaskasten kamen, auf dem ein schmaler weißer Zettel klebte: »Königreich Capota, seit zwei Jahren Republik.« Ich sah die Handschrift meines Großvaters Wuck XL., ein Stück aus dem berühmten Capotischen Manifest, das er eigenhändig verfaßt hatte, ich fand ein Notizblatt aus den

Jagdtagebüchern meines Vaters – und schließlich einen Fetzen aus meinem Schulheft, ein Stück schmutzigen Papiers, auf dem ich las: Rehgen bringt Sehgen. Beschämt wandte ich mich Jadwiga zu, aber sie lächelte nur und sagte: »Das hast du nun hinter dir, für immer.«

Wir verließen schnell das Museum, denn es war ein Uhr geworden, um drei fing die Vorstellung an, und ich mußte um zwei die Kasse eröffnen.

Der Tod der Elsa Baskoleit

Der Keller des Hauses, in dem wir früher wohnten, war an einen Händler vermietet, der Baskoleit hieß; in den Fluren standen immer Apfelsinenkisten herum, roch es nach fauligem Obst, das Baskoleit für die Müllabfuhr bereitstellte, und hinter dem Dämmer der Milchglasscheibe hörten wir oft seine breite ostpreußische Stimme, die über die schlechten Zeiten klagte. Aber im Grunde seines Herzens war Baskoleit fröhlich: wir wußten, so genau wie nur Kinder es wissen, daß sein Schimpfen ein Spiel war, auch sein Geschimpfe mit uns, und oft kam er die wenigen Stufen hinauf, die aus dem Keller auf die Straße führten, hatte die Taschen voller Äpfel oder Apfelsinen, die er uns wie Bälle zuwarf.

Interessant aber war Baskoleit durch seine Tochter Elsa, von der wir wußten, daß sie Tänzerin werden wollte. Vielleicht war sie es auch schon: jedenfalls übte sie oft, übte unten in dem gelbgetünchten Kellerraum neben Baskoleits Küche: ein blondes schlankes Mädchen, das auf den Zehenspitzen stand, mit einem grünen Trikot bekleidet, blaß, minutenlang schwebend wie ein Schwan, herumwirbelnd oder springend, sich überschlagend. Vom Fenster meines Schlafzimmers aus konnte ich sie sehen, wenn es dunkel war: im gelben Rechteck des Fensterausschnitts ihr giftgrün bekleideter magerer Körper, das blasse angestrengte Gesicht und ihr blonder Kopf, der im Sprung manchmal die nackte Glühbirne berührte, die anfing zu schwanken und ihren gelben Lichtkreis auf dem grauen Hof für Augenblicke erweiterte. Es gab Leute, die über den Hof riefen: »Hure!« und ich wußte nicht, was eine Hure war, es gab andere, die riefen: »Schweinerei!« und obwohl ich zu wissen glaubte, was eine Schweinerei war: ich konnte nicht glauben, daß Elsa etwas damit zu tun hatte. Baskoleits Fenster wurde dann aufgerissen, und im Bratdunst tauchte sein schwerer kahler Kopf auf, und mit dem Licht, das aus dem geöffneten Küchenfenster in den Hof fiel, schrie er eine Flut von Beschimpfungen in den dunklen Hof hinauf, von denen ich keine verstand. Bald jedenfalls bekam Elsas Zimmer einen Vorhang, dick samtgrün, so daß kaum noch Licht nach außen drang, aber ich blickte jeden Abend auf dieses mattschimmernde Rechteck und sah sie, obwohl ich sie nicht sehen konnte: Elsa Baskoleit im giftgrünen Trikot, mager und blond, für Sekunden schwebend unter der nackten Glühbirne.

Aber wir zogen bald aus, ich wurde älter, erfuhr, was eine Hure war, glaubte zu wissen, was eine Schweinerei ist, sah Tänzerinnen, aber keine gefiel mir so, wie Elsa Baskoleit mir gefallen hatte, von der ich nie mehr hörte. Wir zogen in eine andere Stadt, Krieg kam, ein langer Krieg, und ich dachte nicht mehr an Elsa Baskoleit, dachte auch nicht an sie, als wir in die alte Stadt zurückkehrten. Ich versuchte mich in den verschiedensten Berufen, bis ich Fahrer bei einem Obstgroßhändler wurde: mit einem Lastwagen umgehen, war das einzige, was ich wirklich konnte. Ich bekam jeden Morgen meine Liste, bekam Kisten mit Äpfeln und Apfelsinen, Birnen und Körbe mit Pflaumen und fuhr in die Stadt.

Eines Tages, während ich an der Rampe stand, wo mein Wagen beladen wurde, und das, was der Lagerverwalter mir auflud, mit einer Liste verglich, kam der Buchhalter aus seiner Kabine, die mit Bananenplakaten beklebt ist, und fragte den Lagerverwalter: »Können wir Baskoleit liefern?«

»Hat er bestellt? Blaue Weintrauben?«

»Ja«, der Buchhalter nahm den Bleistift hinterm Ohr weg und sah den Lagerverwalter erstaunt an.

»Hin und wieder«, sagte der Lagerverwalter, »bestellt er einmal was: blaue Weintrauben, ich weiß nicht warum, aber wir können ihm nicht liefern. Macht voran!« rief er den Trägern in den grauen Kitteln zu. Der Buchhalter ging in seine Kabine zurück, und ich, ich achtete nicht mehr darauf, ob sie wirklich aufluden, was in meiner Liste stand. Ich sah den rechteckigen hellerleuchteten Ausschnitt des Kellerfensters, sah Elsa Baskoleit tanzen, mager und blaß, giftgrün gekleidet, und ich nahm an diesem Morgen eine andere Route, als mir vorgeschrieben war.

Von den Laternen, an denen wir gespielt hatten, stand nur noch eine, und auch diese war ohne Kopf, die meisten Häuser waren zerstört, und mein Wagen rumpelte durch tiefe Schlaglöcher. Nur ein Kind war auf der Straße, auf der es früher von Kindern gewimmelt hatte: ein blasser dunkler Junge, der müde auf einem Mauerrest hockte und Figuren in den weißlichen Staub zeichnete. Er blickte auf, als ich vorüberfuhr, ließ aber dann den Kopf wieder hängen. Ich bremste vor Baskoleits Haus und stieg aus. Seine kleinen Schaufenster waren verstaubt, Kartonpyramiden waren zusammengefallen, und die grünliche Pappe war schwarz von Dreck. Ich blickte an der zurechtgeflickten Hauswand hoch und öffnete zögernd die Tür zum Laden und stieg langsam hinunter: es roch scharf nach feucht gewordener Suppenwürze, die klumpig in einem Karton nahe der Tür stand, aber dann sah ich Baskoleits Rücken, sah das graue Haar unter seiner Mütze und spürte, wie lästig es ihm war, Essig aus einem großen Faß in eine Flasche abzufüllen. Offenbar gelang es ihm nicht, den Spund richtig zu bedienen, die saure Brühe floß über seine Finger, und unten auf dem Boden hatte sich eine Pfütze gebildet, eine faule sauer riechende Stelle im Holz, die unter seinen Füßen zu quietschen schien. An der Theke stand eine magere Frau in einem rötlichen Mantel, die ihm gleichgültig zublickte. Endlich schien er die Flasche gefüllt zu haben, stöpselte sie zu, und ich sagte noch einmal, was ich schon an der Tür gesagt hatte, sagte leise: »Guten Morgen«, aber keiner antwortete mir. Baskoleit setzte die Flasche auf die Theke, sein Gesicht war blaß und unrasiert, und er blickte die Frau jetzt an und sagte: »Meine Tochter ist gestorben – Elsa –.«

»Ich weiß«, sagte die Frau heiser, »weiß ich schon fünf Jahre. Scheuersand brauch ich noch.«

»Meine Tochter ist gestorben«, sagte Baskoleit. Er blickte die Frau an, als sei es ganz neu, blickte sie ratlos an, aber die Frau sagte: »Den losen – ein Kilo.« Und Baskoleit zog ein schwärzliches Faß unter der Theke hervor, stocherte mit einer Blechschaufel darin herum und beförderte mit seinen zitternden Händen gelbliche Klumpen in eine graue Papiertüte.

»Meine Tochter ist gestorben«, sagte er. Die Frau schwieg, und ich blickte rund, konnte nichts entdecken als verstaubte Nudelpakete, das Essigfaß, dessen Hahn langsam tropfte, und den Scheuersand und ein Emailleschild mit einem blonden grinsenden Jungen, der eine Schokolade aß, die es schon seit Jahren nicht mehr gibt. Die Frau steckte die Flasche in ihr Netz, packte den Scheuersand daneben, warf ein paar Münzen auf den Tisch, und als sie sich umwandte und an mir vorbeiging, tippte sie flüchtig mit einem Finger an die Stirn und lächelte mir zu.

Ich dachte an vieles, dachte an die Zeit, in der ich so klein gewesen war, daß meine Nase noch unterhalb des Thekenrandes ruhte, aber nun blickte ich mühelos über den Glaskasten, der den Namen einer Keksfirma trug und jetzt nur staubige Tüten mit Papiermehl enthielt; für Augenblicke schien ich zusammenzuschrumpfen, spürte meine Nase unterhalb des schmutzigen Thekenrandes, fühlte die Pfennige für Bonbons in meiner Hand, ich sah Elsa Baskoleit tanzen, hörte Leute in den Hof rufen: »Hure!« und »Schweinerei«, bis Baskoleits Stimme mich weckte.

»Meine Tochter ist gestorben«, sagte er. Er sagte es automatisch, fast ohne Gefühl, stand jetzt am Schaukasten und blickte auf die Straße.

»Ja«, sagte ich.

»Sie ist tot«, sagte er.

»Ja«, sagte ich. Er wandte mir den Rücken zu, hielt die Hände in den Taschen seines grauen Kittels, der fleckig war.

»Weintrauben aß sie gern – blaue, aber nun ist sie tot.« Er sagte nicht: »Wünschen Sie etwas?« oder »Womit kann ich dienen?«, er stand in der Nähe des tropfenden Essigfasses am Schaukasten, sagte: »Meine Tochter ist gestorben« oder »Sie ist tot«, ohne mich anzublicken.

Unendlich lange schien ich dort zu stehen, verloren und vergessen, während um mich herum die Zeit wegrieselte. Ich konnte mich erst losreißen, als wieder eine Frau in den Laden trat. Sie war klein und rundlich, hielt die Einkaufstasche vor den Bauch, und Baskoleit wandte sich ihr zu und sagte: »Meine Tochter ist gestorben«, die Frau sagte »ja«, fing plötzlich an zu weinen und sagte: »Scheuersand, bitte, von dem losen ein Kilo«, und Baskoleit kam hinter die Theke, stocherte mit der Blechschaufel im Faß herum. Die Frau weinte immer noch, als ich hinausging.

Der blasse, dunkle Junge, der auf dem Mauerrest gehockt hatte, stand auf dem Trittbrett meines Wagens, blickte aufmerksam auf die Armatur, griff mit der Hand durch die offene Scheibe, ließ den rechten, den linken Winker hochschlagen. Der Junge erschrak, als ich plötzlich hinter ihm stand, aber ich packte ihn, blickte in sein blasses ängstliches Gesicht, griff einen Apfel aus den Kisten, die auf meinem Wagen standen, und schenkte ihn dem Jungen. Er blickte mich erstaunt an, als ich ihn losließ, so erstaunt, daß ich erschrak, und ich nahm noch einen Apfel, noch einen, steckte sie ihm in die Tasche, schob sie ihm unter die Jacke, viele Äpfel, bevor ich einstieg und davonfuhr.

Ein Pfirsichbaum in seinem Garten stand

Besondere Umstände zwingen mich, ein Geheimnis preiszugeben, das ich bis ans Ende meines Lebens hatte hüten wollen: Ich bin Mitglied eines Vereins, besser gesagt eines Geheimbundes, obwohl ich geschworen hatte, niemals einer solchen Institution beizutreten. Es ist mir sehr peinlich, aber sowohl die Not der heranwachsenden Jugend wie der tödliche Ernst, mit dem mein Nachbar seine Pfirsiche bewacht, veranlassen mich zu diesem Geständnis, das ich nur errötend vorbringe. Ich bin Ribbekkianer – und den Statuten unseres Vereins gemäß nehme ich Tinte, Feder und Papier, schlage mein altes Schullesebuch auf und fange an zu schreiben: Herr von Ribbeck auf Ribbeck im Havelland, ein Birnbaum in seinem Garten stand... Es ist wohltuend, einmal mit der Hand zu schreiben, es fördert die Geduld, zwingt mich, das Gedicht langsam und genau durchzulesen, und dieses wiederum zwingt mich zum Lächeln, und es schadet durchaus nichts, hin und wieder zu lächeln.

Langsam also schreibe ich die Ballade ab und knalle den Stempel darunter, den wir – die Mitglieder des Bundes der Ribbeckianer – uns anzuschaffen verpflichtet sind: »Treten Sie unserem Verein bei! Wir verpflichten Sie zu nichts. Sie haben nur das beiliegende Gedicht zehnmal abzuschreiben und an Leute zu verschicken, die Obstbäume besitzen. Sie dürfen sich dann Ribbeckianer nennen, eine Auszeichnung, die Sie hoffentlich zu würdigen wissen.«

Ich schreibe die Adresse meines Nachbarn auf einen Briefumschlag, klebe Porto drauf und begebe mich zum Briefkasten. Aber der Briefkasten hängt genau am Gartenzaun dieses Nachbarn, und wie ich das gelbe Maul des Briefkastens aufklappe, sehe ich ihn dort stehen, meinen Nachbarn, auf einer Leiter, mit ausgestrecktem Zeigefinger, Pfirsich um Pfirsich betupfend. Kein Zweifel, er zählt sie!

Am anderen Morgen stehen wir nebeneinander, mein Nachbar und ich, und warten auf den Briefträger, diesen viel zu schlecht bezahlten Cherub, den nicht einmal die offenbaren Plattfüße seines Charmes berauben können.

Mir erscheint der Nachbar noch gelber im Gesicht, seine Lippen zittern, und die roten Äderchen in seinen Augen lassen auf eine schlaflose Nacht schließen.

»Es ist unbeschreiblich«, sagte er zu mir, »wie der Verfall der Sitten zunimmt. Die heutige Jugend: nur Diebe und Räuber. Was soll das werden?«

»Es wird eine Katastrophe geben.«

»Nicht wahr, Sie finden es auch?«

»Natürlich, das kann ja gar nicht gutgehen. Wir treiben unweigerlich dem Abgrund zu. Diese Verwahrlosung, diese Genußsucht.«

»Keine Achtung vor dem Gut fremder Menschen! Man müßte... aber die Polizei weigert sich einzugreifen. Stellen Sie sich vor. Gestern abend hatte ich noch einhundertfünfunddreißig Pfirsiche auf dem Baum – und heute morgen – raten Sie?«

»Hundertzweiunddreißig?«

»Sie Optimist – hundertdreißig. Fünf reife Pfirsiche! Stellen Sie sich vor. Mir graut's.«

»Sack und Asche – es wird uns nichts anderes übrigbleiben. Die guten Sitten sind hinüber. Es kommen Zeiten herauf...«

Aber der herannahende Briefträger enthebt mich der Verpflichtung, den Satz zu beenden. Der Brief, den ich gestern in den Kasten geworfen habe, beendet seinen Kreislauf und gelangt über den Briefkastenleerer, den Sortierer und Briefträger in die Hände meines Nachbarn.

Für mich war keine Post da. Wer wird mir schon schreiben? Bin ich doch nicht einmal ein aktiver, sondern nur ein passiver Ribbeckianer, denn ich besitze keine Obstbäume, nicht einmal einen Johannisbeerstrauch, und der einzige, der meinen Namen kennt, ist der Kolonialwarenhändler an der Ecke, der mir nur zögernd Kredit gewährt, betrübten Auges Konsumbrot, Margarine und Feinschnitt in meiner Tasche verschwinden sieht und mir beharrlich einen Kredit auf richtige Zigaretten und Rotwein verweigert. Aber es wird Zeit, das Gesicht meines Nachbarn zu beobachten: er hat den Brief geöffnet, die Brille aufgesetzt und stirnrunzelnd zu lesen begonnen: er liest, liest, und ich wundere mich, wie lang diese Ballade ist. Vergebens warte ich auf das Lächeln in seinem Gesicht: nichts, es kommt nichts. Offenbar ein Mensch, der weder literarisch ansprechbar ist noch Humor hat. Er setzt seine Brille ab, als habe er irgendeine belanglose Drucksache gelesen, faltet den Brief, öffnet ihn wieder, langt ihn über den Zaun zu mir und sagt: »Hören Sie, Sie sind doch... na... was war es denn noch?«

»Schriftsteller«, sagte ich.

»Natürlich. Sehen Sie doch mal, was ist denn das?«

Ich erschrak ein wenig, als ich so plötzlich meine eigene Handschrift sah. Vielleicht, denke ich, ist er ein Mensch, der nur akustisch zu erreichen ist, den Reizen des Visuellen verschlossen. Und ich beginne laut zu lesen: »Herr von Ribbeck auf Ribbeck im Havelland, ein Birnbaum in seinem Garten stand...«

»Ach, ich weiß schon, was drin steht!«

»Haben Sie auch den Stempel unten gesehen? Es ist ein Stempel drunter: Treten Sie unserem Verein bei...«

»Ich weiß, ich weiß«, sagt er ungeduldig, und das Gelb in seinem Gesicht wird um einen Ton dunkler, »aber das ist doch sinnlos, mir so etwas zu schicken, wo ich nur den Pfirsichbaum habe. Es ist doch was mit Birnen. Womit die Leute ihre Zeit verschwenden!«

Grußlos schlurft er nach hinten auf seinen Beobachtungsposten, von wo er seine Pfirsiche bewacht.

Ach so, dachte ich, und ich faltete meinen Bogen zusammen, und ich überlege nun, ob ich um eine Änderung der

Statuten unseres Vereins ersuchen soll. Allerdings würde die Ballade ihre Melodie verlieren, denn es gibt nur wenige einsilbige Früchte.

Die blasse Anna

Erst im Frühjahr 1950 kehrte ich aus dem Krieg heim, und ich fand niemanden mehr in der Stadt, den ich kannte. Zum Glück hatten meine Eltern mir Geld hinterlassen. Ich mietete ein Zimmer in der Stadt, dort lag ich auf dem Bett, rauchte und wartete und wußte nicht, worauf ich wartete. Arbeiten zu gehen, hatte ich keine Lust. Ich gab meiner Wirtin Geld, und sie kaufte alles für mich und bereitete mir das Essen. Jedesmal, wenn sie mir den Kaffee oder das Essen ins Zimmer brachte, blieb sie länger, als mir lieb war. Ihr Sohn war in einem Ort gefallen, der Kalinowka hieß, und wenn sie eingetreten war, setzte sie das Tablett auf den Tisch und kam in die dämmrige Ecke, wo mein Bett stand. Dort döste ich vor mich hin, drückte die Zigaretten an der Wand aus, und so war die Wand rings um mein Bett voller schwarzer Flecken. Meine Wirtin war blaß und mager, und wenn im Dämmer ihr Gesicht über meinem Bett stehen blieb, hatte ich Angst vor ihr. Zuerst dachte ich, sie sei verrückt, denn ihre Augen waren sehr hell und groß, und immer wieder fragte sie mich nach ihrem Sohn.

»Sind Sie sicher, daß Sie ihn nicht gekannt haben? Der Ort hieß Kalinowka – – sind Sie dort nicht gewesen?«

Aber ich hatte nie von einem Ort gehört, der Kalinowka hieß, und jedesmal drehte ich mich zur Wand und sagte: »Nein, wirklich nicht, ich kann mich nicht entsinnen.«

Meine Wirtin war nicht verrückt, sie war eine sehr ordentliche Frau, und es tat mir weh, wenn sie mich fragte. Sie fragte mich sehr oft, jeden Tag ein paarmal, und wenn ich zu ihr in die Küche ging, mußte ich das Bild ihres Sohnes betrachten, ein Buntphoto, das über dem Sofa hing. Er war ein lachender blonder Junge gewesen, und auf dem Buntphoto trug er eine Infanterie-Ausgehuniform.

»Es ist in der Garnison gemacht worden«, sagte meine Wirtin, »bevor sie ausrückten.«

Es war ein Brustbild: er trug den Stahlhelm, und hinter ihm war deutlich die Attrappe einer Schloßruine zu sehen, die von künstlichen Reben umrankt war.

»Er war Schaffner«, sagte meine Wirtin, »bei der Straßenbahn. Ein fleißiger Junge.« Und dann nahm sie jedesmal den Karton voll Photographien, der auf ihrem Nähtisch zwischen Flicklappen und Garnknäueln stand. Und ich mußte sehr viele Bilder ihres Sohnes in die Hand nehmen: Gruppenaufnahmen aus der Schule, wo jedesmal vorne einer mit einer Schiefertafel zwischen den Knien in der Mitte saß, und auf der Schiefertafel stand eine VI, eine VII, zuletzt eine VIII. Gesondert, von einem roten Gummiband zusammengehalten, lagen die Kommunionbilder: ein lächelndes Kind in einem frackartigen schwarzen Anzug, mit einer Riesenkerze in der Hand, so stand er vor einem Transparent, das mit einem goldenen Kelch bemalt war. Dann kamen Bilder, die ihn als Schlosserlehrling vor einer Drehbank zeigten, das Gesicht rußig, die Hände um eine Feile geklammert.

»Das war nichts für ihn«, sagte meine Wirtin, »es war zu schwer.« Und sie zeigte mir das letzte Bild von ihm, bevor er Soldat wurde: er stand in der Uniform eines Straßenbahnschaffners neben einem Wagen der Linie 9 an der Endstation, wo die Bahn ums Rondell kurvt, und ich erkannte die Limonadenbude, an der ich so oft Zigaretten gekauft hatte, als noch kein Krieg war; ich erkannte die Pappeln, die heute noch dort stehen, sah die Villa mit den goldenen Löwen vorm Portal, die heute nicht mehr dort stehen, und mir fiel das Mädchen ein, an das ich während des Krieges oft gedacht hatte: sie war hübsch gewesen, blaß, mit schmalen Augen, und an der Endstation der Linie 9 war sie immer in die Bahn gestiegen.

Jedesmal blickte ich sehr lange auf das Photo, das den Sohn meiner Wirtin an der Endstation der 9 zeigte, und ich dachte an vieles: an das Mädchen und an die Seifenfabrik, in der ich damals gearbeitet hatte, ich hörte das Kreischen der Bahn, sah die rote Limonade, die ich im Sommer an der

Bude getrunken hatte, grüne Zigarettenplakate und wieder das Mädchen.

»Vielleicht«, sagte meine Wirtin, »haben Sie ihn doch gekannt.« Ich schüttelte den Kopf und legte das Photo in den Karton zurück: es war ein Glanzphoto und sah noch neu aus, obwohl es schon acht Jahre alt war.

»Nein, nein«, sagte ich, »auch Kalinowka – wirklich nicht.«

Ich mußte oft zu ihr in die Küche, und sie kam oft in mein Zimmer, und den ganzen Tag dachte ich an das, was ich vergessen wollte: an den Krieg, und ich warf die Asche meiner Zigarette hinters Bett, drückte die Glut an der Wand aus.

Manchmal, wenn ich abends dort lag, hörte ich im Zimmer nebenan die Schritte eines Mädchens, oder ich hörte den Jugoslawen, der im Zimmer neben der Küche wohnte, hörte ihn fluchend den Lichtschalter suchen, bevor er in sein Zimmer ging.

Erst als ich drei Wochen dort wohnte, als ich das Bild von Karl wohl zum fünfzigsten Mal in die Hand genommen, sah ich, daß der Straßenbahnwagen, vor dem er lachend mit seiner Geldtasche stand, nicht leer war. Zum ersten Mal blickte ich aufmerksam auf das Photo und sah, daß ein lächelndes Mädchen im Inneren des Wagens mitgeknipst worden war. Es war die Hübsche, an die ich während des Krieges so oft gedacht hatte. Die Wirtin kam auf mich zu, blickte mir aufmerksam ins Gesicht und sagte: »Nun erkennen Sie ihn, wie?« Dann trat sie hinter mich, blickte über meine Schulter auf das Bild, und aus ihrer zusammengerafften Schürze stieg der Geruch frischer Erbsen an meinem Rücken herauf.

»Nein«, sagte ich leise, »aber das Mädchen.«

»Das Mädchen?« sagte sie, »das war seine Braut, aber vielleicht ist es gut, daß er sie nicht mehr sah –.«

»Warum?« fragte ich.

Sie antwortete mir nicht, ging von mir weg, setzte sich auf ihren Stuhl ans Fenster und hülste weiter Erbsen aus.

Ohne mich anzusehen, sagte sie: »Kannten Sie das Mädchen?«

Ich hielt das Photo fest in meiner Hand, blickte meine Wirtin an und erzählte ihr von der Seifenfabrik, von der Endstation der 9 und dem hübschen Mädchen, das dort immer eingestiegen war.

»Sonst nichts?«

»Nein«, sagte ich, und sie ließ die Erbsen in ein Sieb rollen, drehte den Wasserhahn auf, und ich sah nur ihren schmalen Rücken.

»Wenn Sie sie wiedersehen, werden Sie begreifen, warum es gut ist, daß er sie nicht mehr sah –.«

»Wiedersehen?« sagte ich.

Sie trocknete ihre Hände an der Schürze ab, kam auf mich zu und nahm mir vorsichtig das Photo aus der Hand. Ihr Gesicht schien noch schmäler geworden zu sein, ihre Augen sahen an mir vorbei, aber sie legte leise ihre Hand auf meinen linken Arm. »Sie wohnt im Zimmer neben Ihnen, die Anna. Wir sagen immer blasse Anna zu ihr, weil sie so ein weißes Gesicht hat. Haben Sie sie wirklich noch nicht gesehen?«

»Nein«, sagte ich, »ich habe sie noch nicht gesehen, wohl ein paarmal gehört. Was ist denn mit ihr?«

»Ich sag's nicht gern, aber es ist besser, Sie wissen es. Ihr Gesicht ist ganz zerstört, voller Narben – – sie wurde vom Luftdruck in ein Schaufenster geschleudert. Sie werden sie nicht wiedererkennen.«

Am Abend wartete ich lange, bis ich Schritte in der Diele hörte, aber beim ersten Male täuschte ich mich: es war der lange Jugoslawe, der mich erstaunt ansah, als ich so plötzlich in die Diele stürzte. Ich sagte verlegen »Guten Abend« und ging in mein Zimmer zurück.

Ich versuchte, mir ihr Gesicht mit Narben vorzustellen, aber es gelang mir nicht, und immer wenn ich es sah, war es ein schönes Gesicht auch mit Narben. Ich dachte an die Seifenfabrik, an meine Eltern und an ein anderes Mädchen, mit dem ich damals oft ausgegangen war. Sie hieß Elisabeth, ließ sich aber Mutz nennen, und wenn ich sie küßte, lachte sie immer, und ich kam mir blöde vor. Aus dem Krieg hatte ich ihr Postkarten geschrieben, und sie schickte mir Päckchen mit selbstgebackenen Plätzchen, die immer zerbröselt ankamen, sie schickte mir Zigaretten und Zeitungen, und in einem ihrer Briefe stand: »Ihr werdet schon siegen, und ich bin so stolz, daß du dabei bist.«

Ich aber war gar nicht stolz, daß ich dabei war, und als ich Urlaub bekam, schrieb ich ihr nichts davon und ging mit der Tochter eines Zigarettenhändlers aus, der in unserem Haus wohnte. Ich gab der Tochter des Zigarettenhändlers Seife, die ich von meiner Firma bekam, und sie gab mir Zigaretten, und wir gingen zusammen ins Kino, gingen tanzen, und einmal, als ihre Eltern weg waren, nahm sie mich mit auf ihr Zimmer, und ich drängte sie im Dunkeln auf die Couch; aber als ich mich über sie beugte, knipste sie das Licht an, lächelte listig zu mir hinauf, und ich sah im grellen Licht den Hitler an der Wand hängen, ein Buntphoto, und rings um den Hitler herum, an der rosenfarbenen Tapete, waren in Form eines Herzens Männer mit harten Gesichtern aufgehängt, Postkarten mit Reißnägeln befestigt, Männer, die Stahlhelme trugen und alle aus der Illustrierten ausgeschnitten waren. Ich ließ das Mädchen auf der Couch liegen, steckte mir eine Zigarette an und ging hinaus. Später schrieben beide Mädchen mir Postkarten in den Krieg, auf denen stand, ich hätte mich schlecht benommen, aber ich antwortete ihnen nicht...

Ich wartete lange auf Anna, rauchte viele Zigaretten im Dunkeln, dachte an vieles, und als der Schlüssel ins Schloß gesteckt wurde, war ich zu bange, aufzustehen und ihr Gesicht zu sehen. Ich hörte, wie sie ihr Zimmer aufschloß, drinnen leise trällernd hin und her ging, und später stand ich auf und wartete in der Diele. Sehr plötzlich war es still in ihrem Zimmer, sie ging nicht mehr hin und her, sang auch nicht mehr, und ich hatte Angst, anzuklopfen. Ich hörte den langen Jugoslawen, der leise murmelnd in seinem Zimmer auf und ab ging, hörte das Brodeln des Wassers in der Küche meiner Wirtin. In Annas Zimmer aber blieb es still, und durch die offene Tür des meinen sah ich die schwarzen Flecke von den vielen ausgedrückten Zigaretten an der Tapete.

Der lange Jugoslawe hatte sich aufs Bett gelegt, ich hörte seine Schritte nicht mehr, hörte ihn nur noch murmeln, und der Wasserkessel in der Küche meiner Wirtin brodelte nicht mehr, und ich hörte das blecherne Rappeln, als die Wirtin den Deckel auf ihre Kaffeekanne schob. In Annas Zimmer war es immer noch still, und mir fiel ein, daß sie mir später alles erzählen würde, was sie gedacht hatte, als ich draußen vor der Tür stand, und sie erzählte mir später alles.

Ich starrte auf ein Bild, das neben dem Türrahmen hing: ein silbrig schimmernder See, aus dem eine Nixe mit nassem blondem Haar auftauchte, um einem Bauernjungen zuzulächeln, der zwischen sehr grünem Gebüsch verborgen stand. Ich konnte die linke Brust der Nixe halb sehen, und ihr Hals war sehr weiß und um ein wenig zu lang.

Ich weiß nicht, wann, aber später legte ich meine Hand auf die Klinke, und noch bevor ich die Klinke herunterdrückte und die Tür langsam aufschob, wußte ich, daß ich Anna gewonnen hatte: ihr Gesicht war ganz mit bläulich schimmernden kleinen Narben bedeckt, ein Geruch von Pilzen, die in der Pfanne schmorten, kam aus ihrem Zimmer, und ich schob die Tür ganz auf, legte meine Hand auf Annas Schulter und versuchte zu lächeln.

Im Lande der Rujuks

Die großen Fähigkeiten von James Wodruff sind schon früh einem kleinen Kreis von Spezialisten bekannt geworden, und wenn ich kurz von diesen Fähigkeiten berichte, statte ich eine alte Dankesschuld ab, denn immerhin – obwohl ich seit Jahren mit ihm verkracht bin –, James Wodruff war mein Lehrer: er hatte (hat noch) den einzigen Lehrstuhl für Rujukforschung inne, den es auf dieser Welt gibt, gilt mit Recht als der Begründer der Rujukforschung, und wenn er auch innerhalb der letzten dreißig Jahre nur zwei Schüler gehabt hat, so ist sein Verdienst nicht zu unterschätzen, denn er hat diesen Volksstamm entdeckt, seine Sprache, seine Sitten, seine Religion erforscht, hat zwei Expeditionen auf eine unwirtliche Insel südlich Australiens geleitet, und sein Verdienst bleibt, wenn er auch Irrtümern unterlegen ist, unschätzbar für die Wissenschaft.

Sein erster Schüler war Bill van der Lohe, von dem aber nur zu berichten ist, daß er sich im Hafen von Sydney eines Besseren besann, Geldwechsler wurde, heiratete, Kinder zeugte und später im Inneren Australiens eine Rinderfarm betrieb: Bill ging der Wissenschaft verloren.

Wodruffs zweiter Schüler war ich: dreizehn Jahre meines Lebens habe ich darauf verwandt, Sprache, Sitte und Religion der Rujuks zu erlernen; fünf weitere Jahre verbrachte ich damit, Medizin zu studieren, um als Arzt bei den Rujuks zu leben, doch verzichtete ich darauf, das Staatsexamen abzulegen, weil die Rujuks – mit Recht – sich nicht für die Diplome europäischer Hochschulen, sondern für die Fähigkeiten eines Arztes interessieren. Außerdem war nach achtzehnjährigem Studium meine Ungeduld, wirkliche Rujuks kennenzulernen, zu einer Krise gekommen, und ich wollte keine Woche, wollte keinen Tag mehr warten, um endlich lebende Exemplare eines

Volkes zu sehen, dessen Sprache ich fließend sprach. Ich packte Rucksäcke, Koffer, eine transportable Apotheke, meinen Instrumentenkasten, überprüfte mein Travellerscheckbuch, machte – für alle Fälle – mein Testament, denn ich besitze ein Landhaus in der Eifel und bin Inhaber der Nutzungsrechte eines Obstgutes am Rhein. Dann nahm ich ein Taxi zum Flugplatz, löste eine Flugkarte nach Sydney, von wo mich ein Walfänger mitnehmen sollte.

Mein Lehrer James Wodruff begleitete mich. Er selbst war zu hinfällig, noch eine Expedition zu riskieren, drückte mir aber zum Abschied noch einmal seine berühmte Schrift ›Volk nahe der Arktis‹ in die Hand, obwohl er genau wußte, daß ich diese Schrift auswendig herzusagen verstand. Bevor ich das Flugzeug bestieg, rief Wodruff mir zu: »Bruwal doidoi duraboi!« – was (frei übersetzt) heißen könnte: Mögen die Geister der Luft dich beschützen! Genau würde es wohl heißen: Der Wind möge keine widerspenstigen Geister gegen dich senden!, denn die Rujuks leben vom Fischfang, und die Gunst des Windes ist ihnen heilig.

Der Wind sandte keine widerspenstigen Geister gegen uns, und ich landete wohlbehalten in Sydney, bestieg dort den Walfänger, wurde acht Tage später an einer winzigen Insel ausgesetzt, die, wie mein Lehrer mir versichert hatte, von den P-Rujuks bewohnt sein sollte, die sich von den eigentlichen Rujuks dadurch unterscheiden, daß ihr ABC das P enthält.

Doch die Insel erwies sich als unbewohnt, jedenfalls von Rujuks unbewohnt. Ich irrte einen Tag lang zwischen mageren Wiesen und steilen Felsen umher, fand zwar Spuren von Rujuk-Häusern, zu deren Bau sie eine Art Fischleim als Mörtel benutzen, aber der einzige Mensch, den ich auf dieser Insel traf, war ein Waschbärjäger, der für europäische Zoos unterwegs war. Ich fand ihn betrunken in seinem Zelt, und als ich ihn geweckt, ihn von meiner Harmlosigkeit überzeugt hatte, fragte er mich in ziemlich ordinärem Englisch nach einer gewissen Rita Hayworth. Da ich den Namen nicht genau verstand, schrieb er ihn auf einen Zettel und rollte dabei lüstern die Augen. Ich kannte eine Frau dieses Namens nicht und konnte ihm keine Auskunft geben. Drei Tage war ich gezwungen, die Gesellschaft dieses Banausen zu ertragen, der fast nur von Filmen sprach. Endlich konnte ich ihm gegen Überschreibung von Travellerschecks im Werte von 80 Dollar ein Schlauchboot abhandeln, und unter Lebensgefahr ruderte ich bei stiller See zu der acht Kilometer entfernten Insel hinüber, auf der die eigentlichen Rujuks wohnen sollten. Diese Angabe wenigstens erwies sich als richtig. Schon von weitem sah ich Menschen am Ufer stehen, sah Netze aufgehängt, sah einen Bootsschuppen, und heftig rudernd und winkend näherte ich mich dem Ufer, den Ruf auf den Lippen: »Joi wuba, joi wuba, buweida guhal!« (Vom Meer, vom Meer, komme ich, euch zu helfen, Brüder!)

Doch als ich dem Ufer näher gekommen war, sah ich, daß die Aufmerksamkeit der dort Stehenden einem anderen Fahrzeug galt: das Tuckern eines Motorbootes näherte sich von Westen, Tücher wurden geschwenkt, und ich landete völlig unbeachtet auf der Insel meiner Sehnsucht, denn das Motorboot kam fast gleichzeitig mit mir an, und alle rannten zum Landungssteg.

Ich zog müde mein Boot auf den Strand, entkorkte die Cognacflasche meiner transportablen Apotheke und nahm einen tiefen Schluck. Wäre ich ein Dichter, würde ich sagen: Ein Traum brach mir entzwei, obwohl Träume ja nicht brechen können.

Ich wartete ab, bis sich das Postboot entfernt hatte, schulterte mein Gepäck und ging auf ein Gebäude zu, das die schlichte Aufschrift »Bar« trug. Ein bärtiger Rujuk hockte dort auf einem Stuhl und las eine Postkarte. Ich sank erschöpft auf eine hölzerne Bank und sagte leise: »Doidoi kruw mali.« (Der Wind hat meine Kehle ausgedörrt.) Der Alte legte die Karte beiseite, sah mich erstaunt an und sagte in einem Gemisch aus Rujuk und Film-Englisch: »Komm her, mein Junge, sprich deutlich. Willste Bier oder Whisky?«

»Whisky«, sagte ich matt.

Er stand auf, schob mir die Postkarte zu und sagte: »Da lies, was mein Enkel mir schreibt.«

Die Karte trug den Poststempel Hollywood, und auf der Rückseite stand ein einziger Satz: Zeuger meines Erzeugers, komm übers große Wasser, hier rollen die Dollars.

Ich blieb bis zur Ankunft des nächsten Postbootes auf der Insel, saß abends in der Bar und vertrank meine Travellerschecks. Kein einziger dort sprach mehr reines Rujuk, nur wurde oft der Name einer Frau erwähnt, die ich zuerst für eine mythische Figur hielt, deren Ursprung mir aber inzwischen klargeworden ist: Zarah Leander.

Ich muß gestehen, daß auch ich die Rujuk-Forschung aufgab. Zwar flog ich zu Wodruff zurück und ließ mich mit ihm noch auf einen Streit ein über die Anwendung der Vokabel »buhal«, denn ich blieb dabei, daß es Wasser bedeute, Wodruff aber versteifte sich darauf, es bedeute Liebe.

Doch längst schon sind mir diese Probleme nicht mehr so wichtig. Ich habe mein Landhaus vermietet, züchte Obst und spiele immer noch mit dem Gedanken, mein medizinisches Studium durchs Staatsexamen zu krönen, aber ich bin nun fünfundvierzig geworden, und was ich einst mit wissenschaftlichem Ernst betrieb, betreibe ich nun als Liebhaberei, worüber Wodruff besonders empört ist. Während der Arbeit an meinen Obstbäumen singe ich Rujuk-Lieder vor mich hin, besonders das eine liebe ich:

Woi suhal buwacha
bruwal nui loha
graga bahu, graga wiuwa
moha deiwa buwacha.
(Warum treibt es dich in die Ferne, mein Sohn, haben dich alle guten Geister verlassen?

Keine Fische gibt es dort, keine Gnade,
und deine Mutter weint um ihren Sohn.)

Auch zum Fluchen eignet sich die Rujuk-Sprache. Wenn die Großhändler mich betrügen wollen, sage ich leise vor mich hin: »Graga weita« (Keinen Segen soll es dir bringen), oder: »Pichal gromchit« (Die Gräte soll dir im Halse stecken bleiben), einen der schlimmsten Flüche der Rujuks.

Aber wer auf dieser Erde versteht schon Rujuk, außer Wodruff, dem ich hin und wieder eine Kiste Äpfel schicke und eine Postkarte mit den Worten: »Wahu bahui« (Verehrter Meister, Du irrst), worauf er mir zu antworten pflegt, ebenfalls auf einer Postkarte: »Hugai« (Abtrünniger), und ich zünde mir meine Pfeife an und blicke auf den Rhein hinunter, der schon so lange da unten vorüberfließt.

Hier ist Tibten

Herzlose Menschen begreifen nicht, daß ich so viel Sorgfalt und Demut auf eine Beschäftigung verwende, die sie
meiner für unwürdig halten. Meine Beschäftigung mag
nicht meinem Bildungsgrad entsprechen, auch war sie
nicht der Gegenstand irgendeines der zahlreichen Lieder,
die an meiner Wiege gesungen wurden, aber sie macht mir
Spaß und ernährt mich: Ich sage den Leuten, wo sie sind.
Zeitgenossen, die abends auf dem Heimatbahnhof in Züge
steigen, die sie in ferne Gegenden tragen, die nachts dann
auf unserem Bahnhof erwachen, verwirrt ins Dunkel blik-
ken, nicht wissend, ob sie übers Ziel hinausgefahren oder
noch vor dem Ziel sind, möglicherweise gar am Ziel (denn
unsere Stadt birgt Sehenswürdigkeiten mannigfacher Art
und lockt viele Reisende an), allen diesen sage ich, wo sie
sind. Ich schalte den Lautsprecher ein, sobald ein Zug ein-
gelaufen ist und die Räder der Lokomotive stillstehen, und
ich spreche es zögernd in die Nacht hinein: »Hier ist Tibten – Sie sind in Tibten! Reisende, die das Grab des Tiburtius besuchen wollen, müssen hier aussteigen!«, und von
den Bahnsteigen her kommt das Echo bis in meine Kabine
zurück: Dunkle Stimme aus dem Dunkeln, die etwas
Zweifelhaftes zu verkünden scheint, obwohl sie die nackte
Wahrheit spricht.

Manche stürzen dann hastig mit Koffern auf den
schwach erleuchteten Bahnsteig, denn Tibten war ihr Ziel,
und ich sehe sie die Treppe hinuntersteigen, auf Bahnsteig 1 wieder auftauchen und dem schläfrigen Beamten an
der Sperre ihre Fahrkarten übergeben. Nur selten kommen nachts Leute mit geschäftlichen Ambitionen, Reisende, die bei den Tibtenschen Bleigruben den Bedarf ihrer Firmen zu decken gedenken. Meist sind es Touristen,
die das Grab des Tiburtius anlockt, eines römischen Jünglings, der vor 1800 Jahren einer tibtenschen Schönheit

wegen Selbstmord beging. »Er war noch ein Knabe«, steht auf seinem Grabstein, den man in unserem Heimatmuseum bewundern kann, »doch die Liebe überwältigte ihn!« – Er kam aus Rom hierher, um Blei für seinen Vater zu kaufen, der Heereslieferant war.

Gewiß hätte ich nicht fünf Universitäten frequentieren und zwei Doktorgrade erwerben müssen, um Nacht für Nacht ins Dunkel hinein zu sagen: »Hier ist Tibten! Sie sind in Tibten!« Und doch erfüllt mich meine Tätigkeit mit Befriedigung. Ich sage meinen Spruch leise, so, daß die Schlafenden nicht erwachen, die Wachen ihn aber nicht überhören, und ich lege gerade so viel Beschwörung in meine Stimme, daß die Dösenden sich besinnen und überlegen, ob Tibten nicht ihr Ziel war.

Spät am Vormittag dann, wenn ich vom Schlaf erwache und aus dem Fenster schaue, sehe ich jene Reisenden, die nachts der Lockung meiner Stimme erlagen, durch unser Städtchen ziehen, mit jenen Prospekten bewaffnet, die unser Verkehrsbüro großzügig in die ganze Welt verschickt. Beim Frühstück haben sie schon gelesen, daß Tibten aus dem lateinischen Tiburtinum im Lauf der Jahrhunderte in seine gegenwärtige Form verschlissen wurde, und sie ziehen nun zum Heimatmuseum, wo sie den Grabstein bewundern, den man dem römischen Werther vor 1800 Jahren setzte: Aus rötlichem Sandstein ist das Profil eines Knaben gemeißelt, der vergebens die Hände nach einem Mädchen ausstreckt. »Er war noch ein Knabe, doch die Liebe überwältigte ihn...« Auf sein jugendliches Alter weisen auch die Gegenstände hin, die man in seinem Grab fand: Figürchen aus elfenbeinfarbigem Stoff; zwei Elefanten, ein Pferd und eine Dogge, die – wie Brusler in seiner ›Theorie über das Grab des Tiburtius‹ behauptet – einer Art von Schachspiel gedient haben sollen. Doch bezweifle ich diese Theorie, ich bin sicher, daß Tiburtius mit diesen Dingern einfach so gespielt hat. Die kleinen Dinger aus Elfenbein sehen genauso aus wie die, die wir beim Einkauf eines halben Pfundes Margarine als Zugabe bekommen, und sie erfüllten denselben Zweck: Kinder spielen mit ihnen...

Vielleicht wäre ich hier verpflichtet, auf das ausgezeichnete Werk unseres Heimatschriftstellers Volker von Volkersen hinzuweisen, der unter dem Titel ›Tiburtius, ein römisches Schicksal, das sich in unserer Stadt vollendete‹ einen ausgezeichneten Roman schrieb. Doch halte ich Volkersens Werk für irreführend, weil auch er Bruslers Theorie über den Zweck des Spielzeugs anhängt.

Ich selbst – hier muß ich endlich ein Geständnis ablegen – bin im Besitz der originalen Figürchen, die in Tiburtius' Grab lagen; ich habe sie im Museum gestohlen, sie durch jene ersetzt, die ich beim Einkauf von einem halben Pfund Margarine als Zugabe bekomme: zwei Elefanten, ein Pferd und eine Dogge; sie sind weiß wie Tiburtius' Tiere, sie haben dieselbe Größe, dieselbe Schwere, und – was mir als das Wichtigste erscheint – sie erfüllen denselben Zweck.

So kommen Reisende aus der ganzen Welt, um das Grab des Tiburtius und sein Spielzeug zu bewundern. Plakate mit dem Text »Come to Tibten« hängen in den Wartesälen der angelsächsischen Welt, und wenn ich nachts meinen Spruch spreche: »Hier ist Tibten! Sie sind in Tibten! Reisende, die das Grab des Tiburtius besuchen wollen, müssen hier aussteigen...«, dann locke ich jene Zeitgenossen aus den Zügen, die in heimatlichen Bahnhöfen der Verführung unseres Plakates erlagen. Gewiß, sie sehen die Sandsteinplatte, deren historische Echtheit nicht zu bezweifeln ist. Sie sehen das rührende Profil eines römischen Jünglings, der von der Liebe überwältigt wurde und sich in einem abgesoffenen Schacht der Bleigruben ertränkte. Und dann gleiten die Augen der Reisenden über die Tierchen: zwei Elefanten, ein Pferd und eine Dogge – und gerade an diesen könnten sie die Weisheit dieser Welt studieren, aber sie tun's nicht. Gerührte In- und Ausländerinnen häufen Rosen auf das Grab des Knaben. Gedichte werden geschrieben; auch meine Tiere, das Pferd und die Dogge (zwei Pfund Margarine mußte ich verbrauchen, um in ihren Besitz zu gelangen!), sind schon Gegenstand lyrischer Versuche geworden. »Spieltest wie wir spielen mit Dogge und Pferd...« lautet der Vers aus dem Gedicht eines nicht unbekannten Lyrikers. Da liegen sie also: Gratiszugaben der Firma »Klüßhenners Eigelb-Margarine«, auf rotem Samt unter dickem Glas in unserem Heimatmuseum: Zeugen meines Margarineverbrauchs. Oft, bevor ich nachmittags zur Schicht gehe, besuche ich eine Minute das Heimatmuseum und betrachte sie: Sie sehen echt aus, gelblich angefärbt, und sind nicht im geringsten von denen zu unterscheiden, die in meiner Schublade liegen, denn ich habe die Originale zu jenen geworfen, die ich beim Einkauf von »Klüßhenners Margarine« hinzubekomme, und versuche vergebens, sie wieder herauszufinden.

Nachdenklich gehe ich dann zum Dienst, hänge meine Mütze an den Haken, ziehe den Rock aus, lege meine Brote in die Schublade, lege mir Zigarettenpapier, Tabak, die Zeitung zurecht und sage, wenn ein Zug einläuft, den Spruch, den zu sprechen ich verpflichtet bin. »Hier ist Tibten! Sie sind in Tibten! Reisende, die das Grab des Tiburtius besuchen wollen, müssen hier aussteigen...« Leise sage ich es, so daß die Schlafenden nicht erwachen, die Wachen mich nicht überhören, und ich lege gerade so viel Beschwörung in meine Stimme, daß die Dösenden sich besinnen und überlegen, ob Tibten nicht ihr Ziel war.

Und ich begreife nicht, daß man diese Beschäftigung meiner für unwürdig hält...

Abenteuer eines Brotbeutels. Frankfurter Allgemeine Zeitung vom 7. März 1953 (u. d. T.: *Der Brotbeutel des Gemeinen Stobski*)

Das Abenteuer. Frankfurter Hefte, 6 (1951), H. 3 (März), S. 191–194

[Für einen Abdruck in der Frankfurter Allgemeinen Zeitung vom 13. September 1952 unter dem Titel: *Die Beichte*, wurde der Erstdruck wegen Bedenken der Redaktion mit Zustimmung des Autors gekürzt. Diese Fassung ging dann in die folgenden Buchausgaben ein und kommt auch hier zum Abdruck]

Die schwarzen Schafe. Das Literarische Deutschland (Heidelberg), 2 (1951), Nr. 12 vom 20. Juni, S. 5

Der Zwerg und die Puppe. In: Mit offenen Augen. Ein Reisebuch deutscher Dichter. Hrsg. von Ernst Glaeser in Verbindung mit dem literarischen Studio ›Die Fundgrube‹. Stuttgart: J. G. Cotta'sche Buchhandlung 1951, S. 195–211

[Der Erstdruck wurde von H. B. für weitere Abdrucke um annähernd die Hälfte gekürzt. Diese gekürzte Fassung ging dann in die folgenden Buchausgaben ein und kommt, als vom Autor autorisiert, hier zum Abdruck]

Mein Onkel Fred. Frankfurter Allgemeine Zeitung vom 12. April 1952

Nicht nur zur Weihnachtszeit. Nicht nur zur Weihnachtszeit. Frankfurt a. M.: Frankfurter Verlagsanstalt 1952 (Studio Frankfurt, Hrsg. von Alfred Andersch)

Krippenfeier. Frankfurter Hefte, 7 (1952), H. 1 (Januar), S. 36–38

Der Engel. Die Literatur (Stuttgart) vom 15. Mai 1952

Der Lacher. Sonntagsblatt (Hamburg) vom 30. Januar 1955 (u. d. T.: »*Brauchen dringend Ihr Lachen...*«)

Die Waage der Baleks. Frankfurter Allgemeine Zeitung vom 13. Juni 1953
[Süddeutscher Rundfunk (Stuttgart), 17. Mai 1953]

Schicksal einer henkellosen Tasse. Sonntagsblatt (Hamburg) vom 24. Dezember 1954 (u. d. T.: *Weihnachtliche Gedanken einer henkellosen Tasse*)

Die unsterbliche Theodora. Neue Zeitung (Frankfurt a. M.) vom 18. März 1953

Die Postkarte. Documents (Strasbourg), 7 (1952), H. 5 (Mai), S. 497–502 (u. d. T.: *La carte postale*). Deutsche Erstveröffentlichung in: Frankfurter Hefte, 8 (1953), H. 1 (Januar), S. 38–42

Bekenntnis eines Hundefängers. Frankfurter Allgemeine Zeitung vom 17. April 1953 (u. d. T.: *Hundefreund im Dilemma*)
[Nord-Westdeutscher Rundfunk (Köln), 26. März 1953]

Erinnerungen eines jungen Königs. Süddeutsche Zeitung (München) vom 30./31. Mai 1953 (u. d. T.: *Revolution in Capota*)

Der Tod der Elsa Baskoleit. Süddeutsche Zeitung (München) vom 26. März 1953 (u. d. T.: *Spitzentanz im Hinterhof*)

Ein Pfirsichbaum in seinem Garten stand. Neue Zeitung (Frankfurt a. M.) vom 27. Oktober 1952

Die blasse Anna. Frankfurter Allgemeine Zeitung vom 3. Oktober 1953

Im Lande der Rujuks. Neue Zeitung (Berlin) vom 25. September 1953

Hier ist Tibten. Welt der Arbeit (Berlin/Köln) vom 3. September 1954

Heinrich Böll im dtv

»Man kann eine Grenze nur erkennen, wenn man sie
zu überschreiten versucht.«
Heinrich Böll

Bitte besuchen Sie uns im Internet: www.dtv.de

Heinrich Böll im dtv

Uwe Timm im dtv

»Als Stilist und Erzähler sucht Uwe Timm
in Deutschland seinesgleichen.«
Christian Kracht in ›Tempo‹

Heißer Sommer
Roman
ISBN 3-423-12547-0

Johannisnacht
Roman
ISBN 3-423-12592-6
»Ein witzig-liebevoller Roman
über das Chaos nach dem Fall
der Mauer.« (Wolfgang Seibel)

Der Schlangenbaum
Roman
ISBN 3-423-12643-4

Morenga
Roman
ISBN 3-423-12725-2

Kerbels Flucht
Roman
ISBN 3-423-12765-1

Römische Aufzeichnungen
ISBN 3-423-12766-X

**Die Entdeckung der
Currywurst**
Novelle
ISBN 3-423-12839-9
»Eine ebenso groteske wie
rührende Liebesgeschichte ...«
(Detlef Grumbach)

Nicht morgen, nicht gestern
Erzählungen
ISBN 3-423-12891-7

Kopfjäger
Roman
ISBN 3-423-12937-9
Ein faszinierender Roman aus
dem Wirtschaftsleben.

Der Mann auf dem Hochrad
Roman
ISBN 3-423-12965-4

Rot
Roman
ISBN 3-423-13125-X
»Einer der schönsten, span-
nendsten und ernsthaftesten
Romane der vergangenen
Jahre.« (Matthias Altenburg)

Bei dtv junior:

Rennschwein Rudi Rüssel
ISBN 3-423-70285-0
Die Piratenamsel
ISBN 3-423-70347-4
Der Schatz auf Pagensand
ISBN 3-423-70593-0
Die Zugmaus
ISBN 3-423-70807-7

Bitte besuchen Sie uns im Internet: www.dtv.de

Heinrich Böll
Briefe aus dem Krieg 1939-1945

2 Bände im Schuber
Gebunden
Mit einem Vorwort von Annemarie Böll
Herausgegeben und kommentiert von Jochen Schubert
Mit einem Nachwort von James H. Reid

Heinrich Bölls Briefe aus dem Zweiten Weltkrieg sind, ähnlich wie Victor Klemperers Tagebücher, einzigartige Zeugnisse des Alltags aus Zeiten des Krieges und der Not, als Aufzeichnungen des Soldaten und werdenden Schriftstellers Böll von hohem menschlichen und geschichtlichen Interesse.

VERLAG
KIEPENHEUER
& WITSCH